A VIDA DO LIVREIRO A.J. FIKRY

Gabrielle Zevin

A VIDA DO LIVREIRO A.J. FIKRY

Tradução
FLÁVIA YACUBIAN

1ª reimpressão

A Editora Paralela é uma divisão da Editora Schwarcz S.A.

Grafia atualizada segundo o Acordo Ortográfico da Língua Portuguesa de 1990, que entrou em vigor no Brasil em 2009.

TÍTULO ORIGINAL The Storied Life of A.J. Fikry
CAPA estúdio insólito
PREPARAÇÃO Gabriela Ghetti
REVISÃO Larissa Lino Barbosa e Mariana Cruz

Dados Internacionais de Catalogação na Publicação (CIP)
(Câmara Brasileira do Livro, SP, Brasil)

Zevin, Gabrielle
A vida do livreiro A.J. Fikry / Gabrielle Zevin ; tradução Flávia Yacubian. — 1ª ed. — São Paulo : Paralela, 2014.

Título original: The Storied Life of A.J. Fikry.
ISBN 978-85-65530-66-8

1. Ficção norte-americana I. Título.

14-02489 CDD-813

Índice para catálogo sistemático:
1. Ficção : Literatura norte-americana 813

[2017]

EDITORA SCHWARCZ S.A.
Rua Bandeira Paulista, 702, cj. 32
04532-002 — São Paulo — SP
Telefone: (11) 3707-3500
Fax: (11) 3707-3501
www.editoraparalela.com.br
atendimentoaoleitor@editoraparalela.com.br

Sumário

venha, querida,
vamos adorar um ao outro
antes que não haja mais
um ou outro.
—Rumi

PARTE I

Cordeiro ao matadouro
1953 / Roald Dahl

Esposa mata marido com um pernil de cordeiro congelado, depois se desfaz da "arma" servindo-lhe para os policiais. Uma oferenda razoável de Dahl, embora Lambiase tenha questionado se uma dona de casa profissional teria mesmo preparado o pernil de cordeiro da maneira descrita — sem descongelar, marinar ou temperar. O que resultaria em uma carne dura e malcozida. Meu negócio não é culinária (nem crime), mas, se ficar presa a esse detalhe, a história vai desmoronar. Apesar da ressalva, o conto foi qualificado porque uma menina que eu conheço um dia amou James e o pêssego gigante.

—A.J.F.

NA BALSA DE HYANNIS PARA ALICE ISLAND, Amelia Loman pinta as unhas de amarelo e, enquanto espera que sequem, dá uma lida nas anotações de seu predecessor. "Island Books, aproximadamente 350 000 dólares *per annum* em vendas, a maior parte para os veranistas nas férias", reportou Harvey Rhodes. "Cento e oitenta metros quadrados de área de vendas. Sem funcionários em tempo integral exceto o dono. Seção infantil muito pequena. Presença na internet incipiente. Pouca influência na comunidade. O inventário dá ênfase à literatura, o que é bom para nós, mas o gosto de Fikry é muito específico e, sem a Nic, não dá para experimentar coisas diferentes por ali. Pra sorte dele, a Island é a única livraria da cidade." Amelia boceja — está com uma ressaquinha leve — e pensa se uma única livraria esnobe vai valer a pena uma viagem tão longa. Quando o esmalte secou, seu incansável lado otimista já tinha dominado: *Claro que vai valer a pena!* Sua especialidade são livrariazinhas esnobes e os tipos que cuidam delas. Seus talentos também incluem ser multitarefas, selecionar o vinho ideal para o jantar (e a habilidade adjunta: cuidar dos amigos que beberam demais), plantas caseiras, vira-latas e outras causas perdidas.

Ao descer da balsa, seu telefone toca. Ela não reconhece o número — nenhum dos seus amigos usa o celular como telefone. Mas ela fica feliz com a distração e não quer se tornar o tipo de pessoa que pensa que boas notícias só chegam em ligações esperadas e de conhecidos. O autor da chamada é Boyd Flanagan, sua terceira tentativa fracassada de namoro on-line. Ele a levara ao circo seis meses antes.

"Eu mandei uma mensagem pra você, umas semanas atrás", ele diz. "Recebeu?"

Ela conta que mudou de emprego recentemente, e por isso seus celulares estão zoados. "E também andei pensando nessa história de namoro on-line. Se eu nasci pra isso mesmo."

Boyd parece não ter ouvido a última parte. "Você quer sair comigo de novo?", ele pergunta.

Recapitulando esse encontro. Por um tempinho, o circo a distraiu do fato de que não tinham nada em comum. Ao fim do jantar, a verdade sobre a incompatibilidade já tinha vindo à tona. Talvez tivesse sido óbvio a começar pela inabilidade em chegar a um consenso sobre o que pedir de aperitivo ou pela admissão durante o prato principal de que ele não gostava de "coisas velhas" — antiguidades, casas, cachorros, pessoas. E mesmo assim, Amelia não se permitiu ter certeza até chegar a sobremesa, quando perguntou que livro o tinha mais influenciado, e ele respondeu *Princípios de contabilidade, Parte II*.

Educadamente, disse que não, que não queria sair com ele outra vez.

Ela consegue ouvir a respiração de Boyd, rápida e irregular. Fica assustada com a possibilidade de ele estar chorando. "Tá tudo bem?", pergunta.

"Não seja condescendente."

Amelia sabe que deveria desligar, mas não desliga. Uma parte dela quer a história. Qual o sentido de ir a encontros ruins a não ser ter histórias divertidas para contar aos amigos? "Como é?"

"Notou que eu não liguei pra você de cara, Amelia? É que eu encontrei alguém melhor, mas não deu certo, então resolvi te dar uma segunda chance. Então não vai se achando a superior. Você tem um sorriso razoável, admito, mas seus dentes são grandes demais, que nem sua bunda. E você não tem mais vinte e cinco anos, apesar de beber como se tivesse. A cavalo dado não se olha o dente." O cavalo dado começa a chorar. "Desculpa. Me desculpa."

"Tá tudo bem, Boyd."

"Qual é o meu problema? O circo foi legal, né? E eu não sou tão ruim."

"Você é ótimo. E o circo foi muito criativo."

"Mas deve ter um motivo pra você não gostar de mim. Fala a verdade."

A essa altura, há muitos motivos para não gostar dele. Ela escolhe um. "Lembra quando eu disse que trabalhava com livros e você falou que não gostava de ler?"

"Você é esnobe", ele conclui.

"Com relação a algumas coisas, suponho que sim. Escuta, Boyd, estou trabalhando. Preciso ir", Amelia desliga. Ela não é orgulhosa da aparência e certamente não dá valor à opinião de Boyd Flanagan, que nem estava falando com ela de qualquer maneira. Ela só é a mais recente decepção dele. Também já teve sua cota de decepções.

Tem trinta e um anos e pensa que já deveria ter conhecido alguém a essa altura.

No entanto...

Amelia, a otimista, acredita que é melhor ficar só do que com alguém que não compartilha de suas sensibilidades e interesses. (É, não é?)

Sua mãe gosta de falar que os romances arruinaram Amelia para homens reais. O comentário insulta Amelia porque insinua que ela só lê livros com heróis românticos clássicos. De vez em quando até que curte, mas seu gosto literário é muito mais variado. Além disso, adora Humbert Humbert como personagem, mas aceita o fato de que não iria querê-lo como parceiro, namorado ou até como um casinho. Sente o mesmo por Holden Caulfield, sr. Rochester e Darcy.

A placa sobre a varanda da casa roxa da era vitoriana está desbotada, e Amelia quase passa reto.

ISLAND BOOKS

A única fonte de boa literatura em Alice Island desde 1999

Nenhum homem é uma ilha; Cada livro é um mundo

Lá dentro, uma adolescente cuida do caixa enquanto lê a nova seleção de contos de Alice Munro. "Ah, está gostando?", Amelia pergunta. Adora Munro, mas quase não tem tempo de ler livros fora da sua lista, a não ser nas férias.

"É pra escola", a menina responde, como se isso resolvesse a dúvida.

Amelia se apresenta como a representante de vendas da editora Pterodactyl Press, e a adolescente, sem tirar os olhos da página, aponta pra qualquer lugar nos fundos. "O A.J. tá no escritório."

Pilhas instáveis de exemplares para divulgação e provas emolduram o corredor, e Amelia sente uma desesperança incomum. A sacola ecológica que traz no ombro contém muitos acréscimos às pilhas de A.J. e um catálogo repleto de outros livros para sugerir. Ela nunca mente sobre os livros em sua lista. Nunca diz que amou um livro se não é verdade.

Normalmente consegue achar algo positivo pra dizer sobre o livro, e quando não, sobre a capa, e quando não, sobre o autor, e quando não, sobre o site do autor. *E é por isso que eles me pagam tão bem*, de vez em quando brinca consigo mesma. Ganha 37 mil dólares por ano mais os bônus possíveis, embora ninguém no seu cargo tenha ganhado um bônus há muito tempo.

A porta para o escritório de A.J. Fikry está fechada. Amelia está quase lá quando a manga de seu suéter fica presa a uma das pilhas e centenas de livros, talvez mais, caem ao chão, fazendo um barulhão embaraçoso. A porta é aberta, e A.J. Fikry olha da destruição para aquela gigante loira, que está tentando freneticamente arrumar os livros. "Quem é você, porra?"

"Amelia Loman." Ela empilha mais dez volumes e metade cai.

"Deixa quieto", A.J. ordena. "Tem uma ordem certa. Você não está ajudando. Por favor, vai embora."

Amelia fica de pé. É pelo menos dez centímetros mais alta que ele. "Mas temos uma reunião."

"Não temos reunião nenhuma", A.J. responde.

"*Temos, sim*", insiste Amelia. "Mandei um e-mail semana passada sobre os lançamentos de inverno. Você disse que eu podia vir na quinta ou na sexta à tarde. Eu disse que viria na quinta." A troca de e-mails tinha sido rápida, mas real.

"Você é representante?"

Amelia assente, aliviada.

"Qual é a editora mesmo?"

"Pterodactyl."

"A Pterodactyl Press é do Harvey Rhodes", A.J. retruca. "Quando você mandou e-mail semana passada, pensei que fosse assistente dele ou coisa do tipo."

"Sou a substituta do Harvey."

A.J. suspira pesadamente. "Pra qual empresa o Harvey foi?"

O Harvey morreu, e por um segundo Amelia considera fazer uma piada ruim, como se o além fosse um tipo de empresa e Harvey estivesse trabalhando lá. "Ele morreu", ela diz secamente. "Pensei que soubesse." A maior parte dos seus contatos já tinha ficado sabendo. Harvey tinha sido uma lenda, pelo menos dentro do mundo dos representantes de vendas. "Publicaram um obituário na newsletter da ABA e talvez na *Publishers Weekly* também", ela diz para se redimir.

"Eu não sigo notícias do mercado editorial", diz A.J. Ele tira os óculos de aros grossos e pretos e fica um tempão limpando as lentes.

"Sinto muito." Amelia coloca a mão sobre o braço de A.J., e ele se desvencilha dela.

"Que me importa? Eu mal conhecia o homem. A gente se via três vezes por ano. Não é o suficiente pra fazer amizade. E todas as vezes que ele vinha, era pra me vender algo. Isso não é amizade."

Amelia percebe que A.J. não está no clima de saber sobre o catálogo de inverno. Ela devia se oferecer pra voltar outro dia. Mas depois pensa na viagem de duas horas até Hyannis e na balsa de uma hora e vinte até Alice, e nos horários da balsa, que ficam cada vez mais irregulares depois de outubro. "Já que estou aqui", diz Amelia, "se importa em olharmos os lançamentos de inverno da Pterodactyl?"

O escritório de A.J. é um armário. Sem janelas, sem quadros, sem fotos da família sobre a mesa, sem bibelôs, sem saída. Tem livros, prateleiras baratas de metal, tipo as de garagem, um armário e um computador antigo, provavelmente do século XX. A.J. não oferece algo pra beber, e, embora Amelia esteja com sede, não pede. Tira uns livros de cima da cadeira e se senta.

Amelia começa a falar da lista de inverno. É a menor do ano, tanto em tamanho quanto em importância. Alguns poucos estreantes de grande porte (ou ao menos de grandes expectativas), mas, exceto por esses, a lista é cheia de livros pelos quais a editora não tem a menor esperança comercial. Apesar disso, Amelia geralmente gosta mais dos "invernais". São azarões, pobres coitados, as apostas arriscadas. (Não é exagero dizer que é assim que ela se vê também.) Deixa por último seu favorito, memórias escritas por um homem de oitenta anos, um solteirão convicto que se casou aos setenta e oito anos. Sua noiva morreu dois anos após o casamento, aos oitenta e três. Câncer. De acordo com a biografia, o autor trabalhou como repórter científico para vários jornais do meio-oeste dos Estados Unidos e sua prosa é precisa, engraçada e nem um pouco piegas. Amelia chorou incontrolavelmente no trem de Nova York para

Providence. Sabe que *Desabrochar tardio* é um livro de pouca importância e que a descrição soa bastante clichê, mas tem certeza de que as pessoas vão amar se lhe derem uma chance. Pela experiência de Amelia, a maior parte dos problemas das pessoas seria resolvida se dessem mais chances às coisas.

Amelia está na metade da descrição de *Desabrochar tardio* quando A.J. coloca a testa na mesa.

"O que foi?", Amelia pergunta.

"Não é pra mim", A.J. responde.

"Lê só o primeiro capítulo." Amelia enfia a prova na mão dele. "Eu sei que o assunto parece brega, mas quando ler a escri..."

Ele interrompe: "Não é pra mim".

"O.k., então vou apresentar outra coisa."

A.J. inspira profundamente. "Você parece uma jovem legal, mas seu antecessor... O negócio é: Harvey conhecia meus gostos. Eram os mesmos que os dele."

Amelia coloca a prova sobre a mesa. "Eu gostaria de conhecer os seus gostos", ela diz, se sentindo um pouco como num filme pornô.

Ele murmura algo entre os dentes. Ela acha que foi *Pra quê?*, mas não tem certeza.

Amelia fecha o catálogo da Pterodactyl. "Sr. Fikry, por favor, me fale do que gosta."

"*Gosta*", ele repete com desgosto. "Que tal eu falar do que não gosto? Não gosto de pós-modernismo, ambientações pós-apocalípticas, narradores post mortem nem de realismo mágico. Não costumo gostar de artimanhas nos formatos, fontes múltiplas, imagens desnecessárias — basicamente, truques de qualquer tipo. Acho ficção sobre o Holocausto ou qualquer outra grande tragédia mundial de mau gosto: apenas não ficção, por favor. Não gosto de mistura de gêneros, tipo romance literário de detetive ou fantasia literária. Literatura é literatura, gênero é gênero, misturar as coisas não costuma dar muito certo. Não gosto de livros infantis, principalmente os com órfãos, e prefiro não entulhar minhas prateleiras com livros juvenis. Não gosto de nada com mais de quatrocentas páginas e menos de cento e cinquenta. Sinto repulsa por romances escritos por ghost-writers para estrelas de reality show, livros de imagens de celebridades, memórias de esportistas, edições pós-filme, livro-brinquedo e, suponho que nem preciso dizer, vampiros. Não costumo estocar lançamentos, *chick lit*, poesia e traduções. Preferiria não ter que estocar séries, mas minha conta bancária me obriga. Você não precisa me contar da 'próxima grande série' até que ela esteja abrigada na lista de best-sellers do *New York Times*. E, o mais importante, srta. Loman, não tolero memórias curtinhas de velhinhos cujas esposinhas morreram de câncer. Não importa quão bem escritas a representante de vendas diga que são. Não importa quantas cópias prometa vender no Dia das Mães."

Amelia fica vermelha, embora seja mais por raiva e não tanto por vergonha. Ela concorda em parte com A.J., mas o modo de falar foi desnecessariamente mal-educado. A Pterodactyl Press nem vende metade daquelas coisas. Ela o estuda. É mais velho que ela, mas não muito, não mais que dez anos. É muito novo pra gostar de tão pouco. "Do que você gosta?", pergunta.

"Todo o resto", ele responde. "Admito que de vez em quando tenho uma queda por compilações de contos. Mas os clientes nunca compram."

Há apenas uma compilação de contos na lista de Amelia, um estreante. Não leu inteira, e o tempo dita que provavelmente não lerá, mas gostou da primeira história. Uma classe da sexta série nos Estados Unidos e outra na Índia participam de um programa internacional de correspondência. O narrador é um menino indiano na classe americana que passa informações erradas e engraçadas sobre a cultura indiana para os colegas americanos. Ela tosse para limpar a garganta, que ainda está terrivelmente seca. "*O ano em que Bombaim virou Mumbai*. Acho que vai ser especialmente int..."

"Não."

"Eu nem contei do que se trata."

"Disse que não."

"Mas por quê?"

"Você sabe que só está me contando desse livro porque sou descendente de indianos e pensa que vai ser especialmente interessante pra mim. Não é?"

Amelia se imagina pegando o computador arcaico e jogando na cabeça dele. "Estou lhe contando porque falou que gosta de contos! E é o único de contos na minha lista. E só pra você saber", agora ela mente, "é maravilhoso, do começo ao fim. Mesmo sendo um autor estreante.

"E quer saber o que mais? Eu amo estreantes. Amo descobrir algo novo. É em parte por isso que tenho esse emprego." Amelia fica de pé. Sua cabeça lateja. Será que anda bebendo demais? Sua cabeça lateja e seu coração palpita. "Quer minha opinião?"

"Na verdade, não. Quantos anos você tem? Vinte e cinco?"

"Sr. Fikry, esta loja é uma graça, mas se continuar com esse, esse, esse", quando criança, gaguejava, e isso de vez em quando volta quando está transtornada; tosse outra vez, "esse jeito atrasado de pensar, logo não haverá mais Island Books."

Amelia deixa o *Desabrochar tardio* e o catálogo sobre a mesa. Tropeça nos livros do corredor ao ir embora.

A balsa seguinte só sai dali a uma hora, então ela aproveita pra ir a pé pela cidade. Uma placa de bronze do lado de fora do Bank of America comemora o verão que Herman Melville passou ali, na época em que o edifício era o Alice Inn. Pega o celular e tira uma foto de si com a placa. Alice é legal, mas não acha que vai ter motivo pra voltar logo.

Manda uma mensagem para o chefe, em Nova York: *Acho que não vamos ter pedidos da Island. :-(*

O chefe responde: *Não esquenta. Uma continha de nada, e a Island costuma pedir logo antes do verão, quando os turistas chegam. O dono da loja é esquisitão, e o Harvey costumava ter mais sorte com a lista de primavera/verão. Você vai ter também.*

Às seis, A.J. fala pra Molly Klock ir embora. "Está gostando da Munro?", pergunta.

Ela bufa. "Por que tá todo mundo me perguntando isso hoje?" Só a Amelia tinha perguntado, mas Molly gosta de exagerar.

"Acho que é porque você está lendo."

Molly bufa outra vez. "Tá o.k. As pessoas são, sei lá, humanas demais às vezes."

"Acho que essa é a intenção da Munro", ele diz.

"Sei lá. Prefiro os clássicos. Até segunda."

Algo tem que ser feito a respeito de Molly, pensa A.J. ao girar a placa para o lado FECHADO. Apesar de gostar de ler, Molly é uma péssima vendedora de livros. Mas ela trabalha só meio período, e é tão chato treinar uma pessoa nova, e pelo menos ela não rouba. Nic tinha contratado a garota, então devia ter visto algo na rabugenta srta. Klock. Talvez no verão A.J. tenha energia para despedi-la.

A.J. expulsa os últimos clientes (está irritado com um grupo que estuda química orgânica e não comprou nada, mas ficou acampado desde as quatro na seção de revistas — tem certeza de que um deles entupiu a privada também), e depois lida com as notas fiscais, uma tarefa tão deprimente quanto parece. Por fim, sobe as escadas para o apartamento na sobreloja, onde mora. Pega uma embalagem de *curry* congelado e coloca no micro-ondas. Nove minutos, de acordo com as instruções. Parado ali, pensa na garota da Pterodactyl. Parecia uma viajante no tempo, direto de Seattle dos anos 90, com suas galochas de estampa de âncora e o vestido floral de brechó e o suéter bege esfiapado e o cabelo na altura dos ombros que parecia ter sido cortado na cozinha pelo namorado. Namorada? Namorado, decide. Pensa na Courtney Love, na época em que casou com o Kurt Cobain. A boca rosa durona diz *Ninguém é capaz de me machucar*, mas os olhos azuis suaves dizem *Sim, você é capaz e provavelmente me machucará*. E ele fez aquela flor de menina enorme chorar. *Parabéns, A.J.*

O cheiro do *curry* fica mais forte, mas ainda faltam sete minutos e meio.

Ele precisa de uma tarefa. Algo físico, mas não cansativo.

Ele vai até o porão para desmontar caixas com seu estilete. Corta. Achata. Empilha. Corta. Achata. Empilha.

A.J. se arrepende de seu comportamento com a representante. Não foi culpa dela. Alguém devia ter avisado a ele que Harvey Rhodes tinha morrido.

Corta. Achata. Empilha.

Alguém provavelmente tinha avisado. A.J. apenas olha e-mails por cima, nunca atende ao telefone. Será que houve funeral? Não que A.J. teria ido de qualquer maneira. Ele mal conhecia Harvey Rhodes. *Obviamente.*

Corta. Achata. Empilha.

No entanto... Tinha passado horas com o homem nos últimos seis anos. Só conversaram sobre livros, mas o que, nessa vida, é mais íntimo do que livros?

Corta. Achata. Empilha.

E como é raro achar alguém com seus gostos! A única briga que tiveram foi a respeito de David Foster Wallace. Na época do suicídio do Wallace. A.J. detestou o tom reverente dos tributos. O homem tinha escrito um livro razoável (apesar de indulgente e grande demais), alguns artigos modestamente perspicazes e não muito mais.

"*Infinite Jest* é uma obra de arte", dissera Harvey.

"*Infinite Jest* é um teste de resistência. Se der conta de chegar ao fim, não tem escolha a não ser dizer que gostou. Se não, tem que lidar com o fato de que desperdiçou semanas da sua vida", retrucara A.J. "Estilo sem substância, meu amigo."

O rosto de Harvey ficara vermelho ao se debruçar sobre a mesa. "Você fala isso de todo escritor que nasceu na mesma década que você!"

Corta. Achata. Empilha.

Quando ele sobe, o *curry* já esfriou. Esquenta de novo na bandeja de plástico, provavelmente vai ter câncer.

Leva a bandeja para a mesa. A primeira garfada queima. A segunda está congelada. Comida pronta de supermercado. Ele joga a bandeja na parede. Quão pouco ele tinha significado para Harvey e quanto Harvey tinha significado para ele.

A desvantagem de morar sozinho é que, qualquer bagunça que faça, você mesmo tem que limpar.

Não, a verdadeira desvantagem de morar sozinho é que ninguém se importa se está chateado. Ninguém se importa por que um homem de trinta e nove anos jogou uma bandeja de plástico com *curry* do outro lado do cômodo, como uma criança. Ele se serve de uma taça de vinho. Abre a toalha sobre a mesa. Vai até a sala. Abre a redoma de vidro com controle de temperatura e retira *Tamerlane*. De volta à cozinha, ele o coloca na mesa, à sua frente, apoiado contra a cadeira onde Nic costumava sentar.

"Saúde, sua bela bosta", ele fala para o fino volume.

Ele termina a taça. Serve-se de outra e, depois que termina essa, promete a si mesmo que irá ler um livro. Talvez um velho querido como *Velha escola*, de Tobias Wolff, embora seu tempo certamente seria mais bem gasto com algo novo. Sobre qual aquela representante bobinha não parava de falar? *Desabrochar tardio*... Argh. Ele tinha falado sério. Não há nada pior que memórias fofinhas de viúvos. Ainda mais quando se é um viúvo, como A.J., havia vinte e um meses. A representante era nova — não era sua culpa que não soubesse de sua entediante tragédia pessoal. Nossa, ele sentia saudade da Nic. De sua voz e seu pescoço e até de suas axilas. Ásperas como língua de gato, e no fim do dia, cheirava a leite pouco antes de talhar.

Três taças depois, desmaia na mesa. Tem apenas um metro e setenta e sessenta e cinco quilos, e nem tinha forrado o estômago com o *curry*. Não vai avançar na sua pilha de leitura esta noite.

"Ajay", Nic sussurra. "Vai pra cama."

Ao menos, ele sonha. O objetivo de toda bebedeira é chegar a este estado.

Nic, sua esposa fantasma de sonho bêbado, o ajuda a ficar de pé.

"Você é uma desgraça, seu nerd. Sabia disso?"

Ele faz que sim.

"*Curry* congelado e vinho tinto de cinco dólares."

"Estou seguindo as tradições de minha ascendência."

Ele e o fantasma arrastam os pés para a cama.

"Parabéns, sr. Fikry. Está se tornando um alcoólatra de carteirinha."

"Desculpa", ele diz, e ela o coloca na cama.

Seu cabelo castanho está curto, "Cortou o cabelo, meio moleca", ele diz. "Que estranho."

"Você foi horrível com aquela menina hoje."

"Foi por causa do Harvey."

"Óbvio."

"Não gosto quando as pessoas que eu conheço morrem."

"É por isso que não manda a Molly Klock embora?"

Ele assente.

"Não pode continuar assim."

"Posso", diz A.J. "Estou. E vou."

Ela o beija na testa. "O quero dizer é que eu gostaria que não continuasse."

Ela vai embora.

O acidente não tinha sido culpa de ninguém. Ela tinha levado um autor para casa após um evento durante a tarde. Provavelmente corria para pegar a última balsa de automóveis para Alice. Possivelmente tinha desviado para não atropelar um veado. Possivelmente foram as estradas de Massachusetts no inverno. Não havia como saber. O policial no hospital perguntou se ela tinha tendências suicidas. "Não", respondeu A.J. "De jeito nenhum." Ela estava grávida de dois meses. Ainda não tinham contado a ninguém. Já tinham se frustrado antes. Na sala de espera do necrotério, ele desejou ter contado. Ao menos teriam tido um breve período de felicidade antes... Ainda não sabia como chamar *isso*. "Não, não tinha tendências suicidas." Fez uma pausa. "Era uma péssima motorista que achava que dirigia bem."

"Sim", disse o policial. "Não foi culpa de ninguém."

"As pessoas gostam de falar isso", retrucou A.J. "Mas foi culpa de alguém. Dela. Que coisa idiota ela foi fazer. Que coisa idiota e melodramática ela foi fazer. Que jogada de Danielle Steel, Nic! Se fosse um romance, eu pararia de ler agora. Eu jogaria o livro do outro lado da sala."

O policial (que não lia muito, a não ser o popular Jeffery Deaver durante as férias) tentou direcionar a conversa de volta à realidade. "É verdade. Você é o dono da livraria."

"Minha esposa e eu somos", A.J. corrigiu sem pensar. "Nossa, acabei de fazer aquela coisa idiota, quando o personagem esquece que a esposa morreu e usa 'nós' sem querer. Que clichê. Senhor", parou para ler o distintivo do policial, "Lambiase, você e eu somos dois personagens de um romance ruim. Sabia disso? Como é que viemos parar aqui, pô? Você deve estar pensando, *Pobre coitado*, e hoje à noite vai abraçar seus filhos mais apertado porque é isso que personagens nesse tipo de romance fazem. Sabe de que tipo de livro estou falando, não sabe? O tipo de ficção literária que faz sucesso que, tipo, segue um personagem coadjuvante sem importância por um tempo pra parecer coisa do Faulkner, efusivo. Olha como o autor gosta das pessoas comuns! Até seu nome. Policial

Lambiase é o nome perfeito para um tira clichê de Massachusetts. Você é racista, Lambiase? Porque o seu tipo de personagem tem que ser racista."

"Sr. Fikry", o policial Lambiase dissera, "tem alguém para quem possa telefonar?" Ele era um bom policial, acostumado às diversas maneiras como os que perdem um ente querido podem ter um colapso. Pousou a mão sobre o ombro de A.J.

"Sim! Isso mesmo, policial Lambiase, é exatamente o que deve fazer neste momento! Está atuando perfeitamente. Por acaso você sabe o que o viúvo deve fazer agora?"

"Ligar para alguém", respondeu Lambiase.

"Sim, deve ser isso mesmo. Mas já liguei para os meus sogros." A.J. assentiu. "Se fosse um conto, nossa conversa acabava aqui. Um pequeno desvio irônico. Por isso, não há nada mais elegante na prosa que um conto, sr. Lambiase.

"Se fosse Raymond Carver, você me ofereceria pouco conforto e a escuridão baixaria e tudo isso teria fim. Mas isso... isso está me parecendo mais um romance. Emocionalmente, quero dizer. Vou demorar um pouco para chegar ao fim. Sabe?"

"Não sei, não. Nunca li Raymond Carver", disse o policial Lambiase. "Eu gosto de Lincoln Rhyme. Conhece?"

"O criminologista tetraplégico. Escreve bem para o nicho. Já leu contos?!"

"Talvez na escola. Contos de fadas. Ou, hum, *O menino e o alazão*? Eu acho que devo ter lido *O menino e o alazão*."

"*Esse* é uma novela."

"Ah, desculpa. Eu... Espera, tem um com um policial que me lembro de ter lido no colegial. Uma coisa de crime perfeito, acho que é por isso que lembro. Um policial é morto pela esposa. A arma é uma carne congelada, e ela serve pro outro..."

"'Cordeiro ao matadouro'", disse A.J. "O conto se chama 'Cordeiro ao matadouro' e a arma é um pernil de cordeiro."

"Sim, é esse!" O policial ficou felicíssimo. "Você entende do assunto."

"É um texto muito conhecido. Meus sogros devem estar pra chegar. Desculpa ter me referido a você como 'personagem coadjuvante sem importância'. Fui rude, e, até onde a gente sabe, eu sou 'personagem coadjuvante sem importância' na grande saga do Policial Lambiase. Um tira é um protagonista mais provável que um livreiro. Você, meu caro, tem seu próprio nicho."

"Hum", disse Lambiase, "você deve ter razão. Voltando ao assunto. Como policial, meu problema é a sequência de eventos. Tipo, ela coloca a carne..."

"Cordeiro."

"Cordeiro. Então ela mata o cara com um pedaço de cordeiro congelado depois coloca o negócio no forno sem nem descongelar. Não sou nenhum chef de cozinha, mas..."

Nic já tinha começado a congelar quando retiraram o carro da água, e no necrotério seus lábios estavam azuis. A cor lembrou a A.J. do batom preto que ela tinha usado no lançamento do último livro qualquer sobre vampiros. Ele não gostou nada da ideia de adolescentes tontinhas pulando pela Island com seus vestidos de formatura, mas Nic, que tinha *gostado* daquele maldito livro de vampiro, e a mulher que o escreveu insistiram que a formatura de vampiros seria boa para os negócios e também divertida. "Você lembra o que é diversão, né?"

"Vagamente", ele dissera. "Faz muito tempo, antes de me tornar livreiro, quando eu tinha fins de semana e noites solitários, no tempo em que eu lia por prazer, lembro que havia diversão. Tão, tão vagamente. Sim!"

"Me deixe refrescar sua memória. Diversão é ter uma esposa inteligente, bonita e tranquila com quem você passa todos os dias trabalhando."

Ele ainda conseguia vê-la naquele vestido absurdo de cetim preto, o braço direito abraçado à coluna da varanda e seus graciosos lábios pintados em linha reta. "Tragicamente, minha esposa virou uma vampira."

"Pobrezinho." Cruzou a varanda e o beijou, deixando a marca de batom como uma contusão. "A única coisa que lhe resta fazer é se tornar um vampiro também. Não tente resistir. É a pior coisa. Você tem que ser descolado, nerd. Me convide para entrar."

O diamante do tamanho do Ritz
1922 / F. Scott Fitzgerald

Tecnicamente, uma novela. Mas novela é algo difícil de definir mesmo. Porém, caso se encontre entre pessoas que fazem questão de tais distinções — e eu costumava ser esse tipo de pessoa —, é melhor saber a diferença. (Se por acaso for parar numa universidade da Ivy League, provavelmente vai encontrar tais pessoas. Arme-se com conhecimento contra esse grupinho arrogante. Mas estou divagando.) Edgar Allan Poe define conto como legível em uma sentada. Suponho que "uma sentada" fosse algo mais longo no seu tempo. Mas divago outra vez.*

Conto excêntrico e inovador sobre as dificuldades em ser dono de uma cidade feita de diamantes e os esforços que os ricos fazem para proteger seu estilo de vida. Fitzgerald em sua melhor forma. O Grande Gatsby *é deslumbrante, mas esse romance às vezes me parece enfeitado de mais, como um jardim topiário. O formato de conto é um negócio mais confortável e bagunçado para ele.* Diamante *respira como um gnomo de jardim encantado.*

Em referência a esta inclusão: preciso mesmo fazer o óbvio e contar que pouco antes de conhecer você eu também tinha perdido algo de valor imenso, embora fosse mera especulação?

—A.J.F.

* *Eu tenho minhas opiniões sobre isso. Lembre que uma boa educação pode ser encontrada em lugares não usuais.*

EMBORA NÃO SE LEMBRE DE COMO CHEGOU ALI e de ter tirado a roupa, A.J. acorda na cama apenas de cueca. Lembra que Harvey Rhodes está morto; lembra que foi um babaca com a representante bonitinha da Pterodactyl; lembra que jogou o *curry*; lembra que tomou uma taça de vinho e brindou ao *Tamerlane*. Depois disso, nada. Sob o seu ponto de vista, a noite tinha sido um triunfo.

Sua cabeça lateja. Ele sai do quarto esperando encontrar os detritos de *curry*. O chão e as paredes estão limpos. A.J. procura uma aspirina no armário enquanto silenciosamente se parabeniza por ter tido a previdência de limpar a comida. Senta-se à mesa e nota que a garrafa de vinho também foi para o lixo. Estranho ter sido tão meticuloso, mas não foi a primeira vez também. Ele é um bêbado limpinho. Olha para o outro lado da mesa, onde tinha deixado o *Tamerlane*. O livro não está mais lá. Talvez tenha apenas *imaginado* tirá-lo da redoma.

Ao caminhar para a sala, o coração de A.J. compete com a cabeça. No meio do caminho, vê que a caixa de vidro com fechadura de combinação e controle de temperatura, que protege o *Tamerlane* do mundo, está escancarada e vazia.

Ele veste um roupão e o tênis de corrida, que não teve muito uso nos últimos tempos.

A.J. corre rua Captain Wiggins abaixo com seu roupão xadrez encardido esvoaçando atrás de si. Ele parece um super-herói deprimido e subnutrido. Vira na Main e corre na direção da sonolenta delegacia de polícia de Alice Island. "Fui roubado!", anuncia. Foi uma corrida curta, mas A.J. respira com dificuldade. "Por favor, alguém me ajude!" Ele tenta não se sentir como uma senhora cuja bolsa foi roubada.

Lambiase pousa sua xícara de café sobre a mesa e observa o homem perturbado de roupão. Reconhece o dono da livraria e o homem cuja bela e jovem esposa dirigiu para dentro do lago um ano e meio atrás. A.J. parece muito mais velho que da última vez, embora Lambiase entenda que isso é o esperado.

"Certo, sr. Fikry", diz Lambiase, "me conte o que aconteceu."

"Alguém roubou o *Tamerlane*."

"O que é o *Tamerlane*?"

"É um livro. Um livro muito valioso."

"Só pra esclarecer: você quer dizer que alguém *furtou* um livro da loja."

"Não. Era *meu* livro, da minha coleção pessoal. É uma seleção de poemas do Edgar Allan Poe, muito rara."

"Então, é, tipo, seu livro preferido?", pergunta Lambiase.

"Não. Eu nem gosto. É uma porcaria. Porcaria de primeira. É só..." A.J. hiperventila. "Merda."

"Fique calmo, sr. Fikry. Estou só tentando entender. Você não gosta do livro, mas tem valor sentimental?"

"Não! Porra de valor sentimental nenhum. Tem muito valor financeiro. O *Tamerlane* é tipo o Honus Wagner dos livros raros! Sabe do que eu tô falando?"

"Claro, meu vovô era colecionador de cartões de beisebol", Lambiase assente. "Valioso assim?"

A.J. não consegue falar rápido o suficiente. "Foi a primeira coisa que o Edgar Allan Poe escreveu, quando ele tinha dezoito anos. Exemplares são muito raros porque a tiragem foi de cinquenta cópias, e publicado no anonimato. Em vez de 'Edgar Allan Poe', está 'por um bostoniano' na capa. Os exemplares são vendidos por mais de quatrocentos mil dólares, dependendo das condições e do humor do mercado de livros raros. Eu planejava leiloar daqui a uns dois anos, quando a economia melhorasse um pouco. Meu plano era fechar a loja e me aposentar com a renda."

"Desculpa a pergunta, mas por que guardou algo tão valioso em casa e não num cofre de banco?"

A.J. balança a cabeça. "Não sei. Burrice. Acho que gostava dele por perto. Gostava de olhar pra ele e lembrar que eu podia parar a hora que quisesse. Eu guardava numa redoma com segredo. Achei que já era seguro o suficiente." Em sua defesa, há muito pouco roubo em Alice Island, exceto na alta temporada. Estamos em outubro.

"Então, alguém arrombou a redoma ou sabia a combinação?"

"Nenhuma das duas coisas. Eu fiquei bêbado ontem à noite. Idiotice da porra, mas tirei o livro pra olhar. Companhia ridícula, eu sei."

"Sr. Fikry, o *Tamerlane* estava segurado?"

A.J. enfia a cabeça entre as mãos. Lambiase entende que não. "Eu achei o livro faz um ano, uns dois meses depois que minha esposa morreu. Eu não queria gastar mais dinheiro. Não fui atrás. Sei lá. Um milhão de razões idiotas, mas a principal é que eu sou idiota, policial Lambiase."

Lambiase não se dá ao trabalho de corrigir para *Delegado* Lambiase. "Eu vou fazer o seguinte. Primeiro, nós vamos abrir uma queixa. Depois, quando a investigadora chegar — ela só faz meio período durante a baixa temporada —, eu vou enviá-la para sua casa para procurar por digitais e outras provas. Talvez ela ache algo. A outra coisa que podemos fazer é ligar para casas de leilão e pessoas que lidam com esse tipo de coisa. Se é tão raro quanto está dizendo, vão notar se um exemplar desconhecido surgir no mercado. Coisas assim não têm um tipo de registro de quem era o dono... como é que fala mesmo?"

"Procedência."

"Isso, exato! Minha esposa assistia a *Antiques Roadshow.* Já viu esse programa?"

A.J. não responde.

"E por último: alguém mais sabia sobre o livro?"

A.J. bufa. "Todo mundo. A irmã da minha esposa, Ismay, dá aula pro colegial. Ela anda preocupada comigo desde que a Nic... Sempre me importuna pra sair da loja, sair da ilha. Mais ou menos um ano atrás, ela me arrastou pra um 'família vende tudo' deprimente em Milton. Ele estava numa caixa junto com outros cinquenta livros, todos sem valor nenhum, exceto o *Tamerlane*. Paguei cinco dólares. As pessoas não tinham ideia do que possuíam em mãos. Me senti um merda por tirar deles, se quer saber a verdade. Não que isso importe agora. Enfim, Ismay achou que seria bom para os negócios e educacional e a porra toda se eu exibisse na loja. Então eu deixei a redoma na loja o verão passado. Acho que você nunca vai à livraria."

Lambiase olha para os próprios sapatos, uma vergonha oriunda de centenas de aulas de literatura no colegial, nas quais reprovava por não ler os textos básicos. "Não leio muito."

"Você lê romance policial, certo?"

"Boa memória", diz Lambiase. Na verdade, A.J. se recorda perfeitamente dos gostos literários das pessoas.

"Deaver, né? Se gosta dele, tem um escritor novo de..."

"Claro, vou passar lá qualquer hora. Tem alguém pra quem eu possa telefonar? A irmã de sua esposa é a Ismay Evans-Parish, certo?"

"A Ismay tá..." Nesse instante, A.J. congela, como se alguém tivesse apertado seu botão de pause. Seus olhos ficam sem expressão e seu queixo cai.

"Sr. Fikry?"

Por quase trinta segundos, A.J. fica congelado e depois volta a falar como se nada tivesse acontecido. "A Ismay está trabalhando, e eu tô bem. Não precisa telefonar."

"Você ficou fora do ar um minutinho agora", disse Lambiase.

"Quê?"

"Você apagou."

"Nossa. É só uma crise de *ausência*. Eu costumava ter muitas quando era criança. Agora é raro, só quando estou estressado."

"Devia ver um médico."

"Não, tá tudo bem. De verdade. Só quero achar meu livro."

"É melhor", insiste Lambiase. "Sua manhã foi muito traumática, e eu sei que mora sozinho. Vou levar você ao hospital e ligo para os seus sogros te encontrarem lá. Enquanto isso, vou ver se o pessoal aqui consegue descobrir alguma coisa sobre o livro."

No hospital, A.J. espera, preenche formulários, espera, tira a roupa, espera, faz exames, espera, veste-se novamente, espera, faz mais exames, espera, tira a roupa de novo, e, por fim, é examinado por uma clínica-geral de meia-idade. Não está preocupada com a crise. Os testes, porém, revelaram que a pressão sanguínea e o colesterol estão no limite entre aceitável e alto para um homem de trinta e nove anos. Pergunta a A.J. sobre seu estilo de vida. Ele responde com sinceridade: "Eu não sou um alcoólatra, mas gosto de beber até desmaiar uma vez por semana, no mínimo. Fumo de vez em quando e sobrevivo com uma dieta composta por comida pronta congelada. Quase nunca passo fio dental. Costumava correr longas distâncias, mas agora não faço exercício nenhum. Moro sozinho e não tenho nenhum relacionamento importante. Desde que minha esposa morreu, também odeio meu trabalho."

"Só isso?!", a médica pergunta. "Você ainda é jovem, sr. Fikry, mas o corpo tem um limite. Se está tentando se matar, eu conheço métodos mais fáceis e rápidos. Você quer morrer?"

Ele não tem uma resposta imediata.

"Porque, se quer mesmo morrer, posso colocá-lo sob observação psiquiátrica."

"Eu não quero morrer", diz A.J. um tempinho depois. "Só acho difícil estar *aqui* o tempo todo. Acha que sou louco?"

"Não. Eu entendo por que se sente assim. Está enfrentando uma barra. Comece com exercícios", ela recomenda. "Vai se sentir melhor."

"O.k."

"Sua mulher era uma graça", diz a médica. "Eu costumava frequentar o clube do livro para mães e filhas que ela organizava na livraria. Minha filha trabalha meio período pra você."

"Molly Klock?"

"Klock é o nome do meu marido. Eu sou a dra. Rosen." Ela toca no crachá.

No lobby, A.J. se depara com uma cena familiar. "Você poderia me dar um autógrafo?", uma enfermeira com roupa cirúrgica rosa pergunta, entregando um livro velho para um homem com paletó de veludo cotelê e cotovelos reforçados.

"Com prazer", responde Daniel Parish. "Como se chama?"

"Jill, como na canção de ninar *Jack and Jill*. E Macy, como a loja. Li todos os seus livros, mas este é meu preferido. Tipo, de longe."

"*Essa* é a opinião popular, Jill da canção." Daniel não está brincando. Nenhum de seus outros livros vendeu tanto, nem de longe, quanto o primeiro.

"Nem sei dizer quanto ele significa pra mim. Tipo, eu fico emocionada só de pensar." Ela baixa a cabeça e os olhos, em deferência, como uma gueixa. "Foi o que me fez querer ser enfermeira! Eu comecei aqui faz pouco tempo. Quando descobri que você morava na cidade, ficava torcendo para que aparecesse aqui um dia."

"Quer dizer que torcia para eu adoecer?", pergunta Daniel, sorrindo.

"Não, claro que não!" Ela fica vermelha, depois bate no braço dele. "Seu...! Seu malvado!"

"Sim", responde Daniel. "Eu sou, de fato, malvado."

A primeira vez que Nic vira Daniel Parish comentara que ele tinha a aparência de um apresentador de telejornal regional. Na volta para casa, já tinha revisto sua opinião. "Olhos muito pequenos para um âncora. Seria o homem do tempo."

"Ele tem uma voz poderosa", A.J. dissera.

"Se aquele homem dissesse que a tempestade tinha passado, você acreditaria. Provavelmente até mesmo se estivesse debaixo dela", ela comentara.

A.J. interrompe o flerte. "Dan", chama, "pensei que tinham chamado *sua esposa*." A.J. não quer ser sutil.

Daniel pigarreia. "Ela não está se sentindo muito bem, por isso eu vim. Como você tá, velhinho?" Daniel chama A.J. de "velhinho" apesar de ser cinco anos mais velho.

"Perdi minha fortuna e a médica falou que vou morrer, tirando isso, fantástico." O sedativo lhe deu perspectiva.

"Maravilha. Vamos beber." Daniel vira-se para a enfermeira Jill e sussurra algo em seu ouvido. Quando devolve o livro para ela, A.J. nota que ele escreveu seu telefone. "Venha, rei do vinho!", chama Daniel, indo na direção da saída.

Apesar de amar livros e ser dono de uma livraria, A.J. não gosta muito de escritores. Acha-os desleixados, narcisistas, bobos e, em geral, desagradáveis. Tenta evitar conhecer quem escreveu os livros que ama por temer parar de amá-los. Por sorte, não ama os livros de Daniel, nem o primeiro e popular. Quanto ao homem? Bem, ele diverte A.J., até certo ponto. Tudo isso pra dizer que Daniel Parish é um dos melhores amigos dele.

"A culpa é minha", diz A.J. depois da segunda cerveja. "Devia ter contratado seguro. Guardado num cofre. Não devia ter pegado, bêbado. Não importa quem roubou, não posso dizer que minha conduta tenha sido correta." O álcool mais o sedativo está deixando A.J. meloso, filosófico. Daniel lhe serve outro copo.

"Não faça isso, A.J. Não se culpe."

"É um alerta, isso que é", diz A.J. "Vou diminuir a bebida."

"Depois dessa cerveja", Daniel brinca. Brindam. Uma garota com cara de ainda estar no colegial entra no bar, usando shortinho jeans tão curto que seu bumbum aparece. Daniel levanta a caneca para ela. "Bela roupa!" A menina lhe mostra o dedo. "Você precisa parar de beber. Eu preciso parar de trair a Ismay", diz Daniel. "Mas quando vejo um short desse, minha determinação é posta à prova. Essa noite foi absurda. A enfermeira! Esses shorts!"

A.J. bebe. "E o livro?"

Daniel dá de ombros. "É um livro. Vai ter páginas e capa. Vai ter trama, personagens, complicações. Vai refletir anos de estudo, refinamento e prática da minha arte. Por isso tudo, será menos popular que o primeiro que escrevi aos vinte e cinco."

"Coitado", A.J. diz.

"Tenho certeza de que você ganha o Prêmio de Coitado do Ano, velhinho."

"Sorte a minha."

"O Poe é um péssimo escritor, sabe? E '*Tamerlane*' é o pior. Cópia sem graça de Lorde Byron. Seria outra coisa se fosse a primeira edição de uma porra que prestasse. Devia ficar feliz de ter se livrado daquilo. Eu odeio livros de colecionador de qualquer modo. As pessoas se derretendo por carcaças de papel. As ideias é que importam, cara. As palavras", diz Daniel Parish.

A.J. termina a cerveja. "Você, meu caro, é um idiota."

A investigação dura um mês, o que, para a polícia de Alice Island, é um ano. Lambiase e sua equipe não encontram evidência física relevante na cena. Além de descartar a garrafa de vinho e limpar o *curry*, o criminoso também apagou todas as impressões digitais do apartamento. Os investigadores interrogam os funcionários de A.J. e também seus amigos e conhecidos em Alice. Esses interrogatórios não resultam em nada incriminatório. Nenhum negociante de livros ou casa de leilão relata novos exemplares de *Tamerlane*. (Claro, casas de leilão são notoriamente discretas quanto a esses assuntos.) A investigação é considerada não resolvida. O livro sumiu, e A.J. sabe que nunca mais o verá.

A redoma de vidro é inútil agora, e A.J. não sabe o que fazer com ela. Não tem outros livros raros. No entanto, foi cara, quase quinhentos dólares. Um vestígio de esperança nele quer acreditar que algo melhor aparecerá para ocupar o lugar. Quando comprou, disseram que também serviria para armazenar charutos.

Não há mais aposentadoria no horizonte, e A.J. lê provas, responde e-mails, atende o telefone e até escreve uma ou outra chamada para as prateleiras. À noite, depois de fechar a loja, volta a correr. Há muitos desafios em corridas de longa distância. Um dos maiores é onde colocar as chaves de casa. No fim, A.J. decide deixar a porta aberta. Não há nada de valor.

Sorte de Roaring Camp
1868 / Bret Harte

História pra lá de sentimental de trabalhadores de uma mina que adotam um bebê ao qual dão o nome de Sorte. Li pela primeira vez em Princeton, num seminário chamado Literatura do Oeste Americano e não fiquei nem um pouco emocionado. No artigo que escrevi para o curso (datado 14 de novembro de 1992), a única coisa que achei de positiva foram os nomes criativos dos personagens: Stumpy, Kentuck, French Pete, Cherokee Sal etc. Deparei-me com o conto outra vez, há uns dois anos, e chorei tanto que você vai ver que o livro está manchado. Acho que fiquei mole depois da meia-idade. Mas também acho que minha nova reação está relacionada com a necessidade de encontrarmos histórias no momento certo de nossas vidas. Lembre, Maya: as coisas que nos tocam aos vinte não são necessariamente as que nos tocam aos quarenta, e vice-versa. Isso é verdade para livros e para a vida.

—A.J.F.

Nas semanas depois do roubo, a Island Books experimenta uma leve, porém estatisticamente improvável, melhora nos negócios. A.J. a atribuiu a um indicador econômico pouco conhecido chamado "o Cidadão Curioso".

Um cidadão bem-intencionado (C-BI) se aproxima do balcão. "Novidades sobre o *Tamerlane*?" [Tradução: *Posso usar sua significante perda pessoal para minha diversão?*]

A.J. responderá: "Nada ainda". [Tradução: *Vida ainda arruinada.*]

C-BI: Nossa, tenho certeza de que ele vai reaparecer. [Tradução: *Já que eu não ganho nada com nenhum resultado, não custa nada ser otimista.*] O que tem de novidade por aqui pra eu ler?

A.J.: Algumas coisinhas. [Tradução: *Basicamente tudo. Você não vem aqui há meses, talvez anos.*]

C-BI: Eu li sobre um livro no *New York Times*. Tem uma capa vermelha, acho.

A.J.: Hum, sei. [Tradução: *Isso é vago demais. Autor, título, trama — essas coisas são mais úteis. Uma capa talvez vermelha que saiu no* New York Times *me ajuda muito menos do que possa imaginar.*] Você se lembra de mais alguma coisa? [*Use as suas palavras.*]

A.J. leva o C-BI até os lançamentos, onde garante a venda de um capa dura.

Estranhamente, a morte de Nic tivera o efeito oposto nos negócios. Embora ele tivesse aberto e fechado a loja com a fria pontualidade de um oficial da SS, os ganhos do trimestre após a morte dela foram os piores da história da Island. Claro, as pessoas sentiam pena, mas era pena *demais*. Nic era uma nativa, uma deles. Ficaram sensibilizados quando uma formanda da Princeton (e primeira da classe do colegial em Alice) voltara à ilha para abrir uma livraria com seu marido carrancudo. Revigorante ver uma jovem voltar pra casa, pra variar. Quando ela morreu, descobriram que não tinham nada em comum com A.J., exceto a perda da Nic. Culpavam-no? Alguns, sim. Por que não foi ele quem levou o autor pra casa aquela noite? Consolavam-se e futricavam que ele sempre fora um pouco estranho e — juravam que não era racismo — um pouco estrangeiro; é óbvio que o cara não é daqui, sabe. (Ele tinha nascido em Nova Jersey.) Prendiam a respiração ao passar na frente da loja, como se fosse um cemitério.

A.J. passa o cartão de crédito deles e conclui que um roubo é uma perda social, enquanto a morte isola. Em dezembro, as vendas já tinham voltado ao ritmo pré-roubo.

Duas semanas antes do Natal, dois minutos antes de fechar, A.J. faz a ronda de expulsar os últimos clientes. Um homem de casaco acolchoado está murmurando algo enquanto segura o mais recente Alex Cross. "Vinte e seis dólares é muito. Você sabe que na internet tá mais barato, né?" A.J. diz que sabe e tenta encaminhar o homem para a saída. "Você devia abaixar seus preços se quer ser competitivo", o homem fala.

"Abaixar meus preços? *Abaixar. Meus. Preços.* Nunca pensei nisso antes", diz A.J. calmamente.

"Está sendo insolente, rapaz?"

"Não, estou sendo agradecido. E na próxima reunião com os acionistas da Island Books, vou mencionar sua sugestão inovadora. Eu com certeza quero ser competitivo. Cá entre nós, por um tempo, no começo do anos 2000, a gente tinha desistido de competir. Achei que era um erro, mas meu conselho decidiu que competição era melhor para atletas olímpicos, crianças em desafios escolares e produtores de cereal. Hoje em dia, fico feliz em reportar que nós da Island Books definitivamente voltamos ao negócio da competição. Ah, por falar nisso, a loja já fechou." A.J. aponta para a saída.

Enquanto o casaco acolchoado resmunga pelo caminho até a porta, uma senhora espia pelo umbral. É uma cliente assídua, então A.J. tenta não se irritar com ela por ter aparecido depois da hora de fechamento. "Ah, sra. Cumberbatch", ele diz. "Infelizmente, estamos fechando."

"Sr. Fikry, não faz esses olhos de Omar Sharif pra mim. Estou revoltada com você." A sra. Cumberbatch o empurra para o lado e joga um livro grosso sobre o balcão. "O livro que você me recomendou ontem é o pior que li em meus oitenta e dois anos e quero meu dinheiro de volta."

A.J. olha do livro para a velha. "Qual é o problema dele?"

"*Problemas*, sr. Fikry. Pra começar, é narrado pela Morte! Eu tenho oitenta e dois anos e não acho nada agradável ler um livro de quinhentas e cinquenta e duas páginas narrado pela Morte. Acho que foi uma indicação muito insensível da sua parte."

A.J. pede desculpas, mas não se sente mal. Por que essas pessoas acham que o livro vem com garantia de agradar? Ele processa a devolução. A lombada está quebrada. Não vai poder revender. "Sra. Cumberbatch", ele não consegue evitar, "parece que a senhora leu. Até onde?"

"Sim, eu li", ela responde. "Com certeza eu li. Fiquei acordada a noite toda, de tanta raiva. Nessa altura da vida, prefiro não ficar acordada a noite toda. Nem quero chorar tanto quanto chorei por causa desse livro. Espero que se lembre disso ao me recomendar o próximo, sr. Fikry."

"Vou lembrar", ele diz. "E peço desculpas, sra. Cumberbatch. A maioria dos clientes gostou muito d'*A menina que roubava livros*."

Depois de fechar a loja, A.J. sobe para vestir a roupa de corrida. Sai pela porta da frente da loja e, como já virou costume, deixa destrancada.

A.J. praticou cross-country no colegial e depois em Princeton. Escolheu esse esporte basicamente porque não tinha coordenação pra nada mais a não ser ler livros de perto. Nunca considerou que cross-country requeresse talento algum. Seu treinador no colegial romanticamente referia-se a ele como um intermediário confiável, ou seja, que podia contar com ele para terminar no médio-superior de qualquer grupo. Agora que ele não corria havia um tempo, admitiu que precisava de talento. Em sua condição atual, não é capaz de percorrer mais que três quilômetros sem parar. Raramente faz mais que oito no total, e suas costas, pernas, e praticamente o corpo todo, doem. A dor é boa. Ele costumava correr ruminando, e a dor o distrai dessa atividade tão inútil.

Ao fim dessa corrida, começa a nevar. Sem querer enlamear o chão da loja, A.J. para na varanda para tirar o tênis. Ele se apoia na porta, e ela abre. Sabia que não tinha trancado, mas tem certeza de que não deixou aberta. Acende a luz. Nada parece fora do lugar. Não parece que mexeram no caixa. Provavelmente foi o vento. Desliga a luz e quase alcança a escada quando ouve um grito agudo, como o de um pássaro. O grito se repete, mais insistente dessa vez.

A.J. acende a luz de novo. Volta para a entrada e depois percorre todos os corredores. Chega ao último, a seção um tanto vazia de juvenis e infantis. No chão, uma bebê com o único exemplar de *Onde vivem os monstros* (um dos poucos livros ilustrados que a Island concede ter) no colo, aberto no meio. É uma bebê grande, pensa A.J. Não é recém-nascida. A.J. não sabe especificar quantos anos porque, além dele mesmo, não conheceu nenhum outro bebê pessoalmente. Era o caçula e, obviamente, ele e Nic nunca tiveram um. A bebê usa uma jaqueta de esqui rosa. Ela tem cabelos espessos, castanho-claros e muito cacheados; olhos azuis cor de centáurea e pele bronzeada, um tom ou dois mais clara que a de A.J. É uma coisinha linda.

"Quem é você, porra?", ele pergunta à bebê.

Sem motivo aparente, ela para de chorar e sorri. "Maya."

Essa foi fácil, pensa A.J. "Quantos anos você tem?"

Maya levanta dois dedos.

"Dois anos?"

Maya sorri e levanta os braços para ele.

"Cadê sua mamãe?"

Maya começa a chorar. Continua de braços levantados para ele. Como não vê outra saída, A.J. a pega no colo. Ela pesa o mesmo que uma caixa com vinte e quatro capas duras, pesada o suficiente para forçar suas costas. A bebê o abraça pelo pescoço, e A.J. nota que ela cheira muito bem, talco e óleo de bebê. Obviamente não é uma criança malcuidada ou negligenciada. É simpática, bem-vestida e espera — não, exige — afeição. Certamente o dono dessa coisinha vai voltar a qualquer momento com uma explicação totalmente sensata. Um carro quebrado, talvez? Ou quem sabe a mãe foi acometida por uma dor de barriga? No futuro, vai repensar sua política de porta destrancada. Só tinha pensado na possibilidade de que alguém poderia levar algo, não deixar.

Ela o abraça com mais força. Por cima do ombro dela, A.J. vê um boneco do Elmo sentado no chão com um bilhete preso com um alfinete ao seu peito vermelho. Coloca a bebê no chão e pega o Elmo, um personagem que sempre detestou, carente demais.

"Elmo!", exclama Maya.

"Sim", A.J. diz. "Elmo." Ele solta o recado e entrega o boneco para a bebê. O recado diz:

> Para o dono da livraria:
>
> Esta é a Maya. Ela tem vinte e cinco meses. É MUITO INTELIGENTE, excepcionalmente falante para a idade. É uma garota muito doce e boazinha. Quero que ela cresça num lugar com livros e entre pessoas que se importem com esse tipo de coisa. Eu a amo muito, mas não posso mais cuidar dela. O pai não pode cuidar também, e eu não tenho família para ajudar. Estou desesperada.
>
> Grata,
>
> A mãe da Maya

Merda, A.J. pensa.

Maya chora outra vez.

Ele pega a bebê no colo. Sua fralda está suja. A.J. nunca trocou uma fralda na vida, embora seja razoável em embrulhar presentes. Quando Nic ainda era viva, a Island costumava oferecer embrulhos gratuitos na época do Natal, e ele pensa que trocar fraldas e fazer embrulhos sejam habilidades semelhantes. Ao lado do bebê, há uma bolsa, e A.J. torce com fervor para que contenha fraldas. E tem, ainda bem. Ele troca o bebê no chão da loja, tentando não sujar o tapete nem olhar muito para as intimidades dela. A coisa toda leva uns vinte minutos. Bebês se mexem mais do que livros e não possuem um formato muito conveniente. Maya o observa com a cabeça inclinada, biquinho e nariz franzido.

"Desculpa, Maya, mas isso não está sendo divertido para mim também. Se você parar de cagar na fralda, não vamos mais precisar fazer isso."

"Desculpa", ela diz, e A.J. imediatamente se sente péssimo.

"Não, eu que me desculpo. Eu não sei nada dessas coisas. Sou um bundão."

"Bundão!", ela repete e dá risada.

A.J. calça o tênis outra vez e leva a bebê, a bolsa e o recado para a delegacia.

Claro que era o delegado Lambiase de plantão aquela noite. Parece ser a sina do homem estar presente nos momentos mais importantes da vida do A.J. Ele mostra a bebê para o policial. "Alguém deixou isso na minha loja", ele sussurra para não acordar Maya, que pegou no sono em seus braços.

Lambiase está comendo um doughnut, ato que tenta esconder, pois o clichê o deixa envergonhado. Termina de mastigar e então diz a A.J. da maneira mais profissional possível: "Ohn, ela gosta de você".

"Não é minha bebê", A.J. continua sussurrando.

"De quem é?"

"De uma cliente, acho." A.J. enfia a mão no bolso e entrega o bilhete para Lambiase.

"Ah, nossa, a mãe deixou a bebê pra você." Maya abre os olhos e sorri para Lambiase. "Coisinha fofa, não é?" Lambiase se inclina e a criança agarra seu bigode. "Quem pegou meu bigode?", diz o policial com uma voz ridícula de bebê. "Quem roubou meu bigode?"

"Delegado Lambiase, acho que você não está levando a sério o problema."

Lambiase pigarreia e endireita as costas. "O.k. A questão é que são nove horas da noite numa sexta-feira. Vou ligar para o Departamento de Crianças e Famílias, mas com a neve e o fim de semana e os horários da balsa, duvido que alguém vai chegar aqui até segunda, no mínimo. Vamos tentar encontrar a mãe e também o pai, caso alguém esteja procurando por essa pestinha."

"Maya", diz Maya.

"É o seu nome?", diz Lambiase com sua voz de bebê. "Que nome bonito." Pigarreia outra vez. "Alguém precisa cuidar da criança no fim de semana. Eu e alguns policiais podemos revezar ou..."

"Não. Tudo bem. Não parece certo deixar um nenê na delegacia."

"Você sabe cuidar de criança?"

"É só um fim de semana. Não deve ser difícil. Ligo pra minha cunhada. O que ela não souber, eu busco no Google."

"Google", a bebê repete.

"Google! Que palavra grande! Aham", continua Lambiase, "o.k., ligo na segunda. Que mundo maluco, hein? Alguém rouba seu livro; outro deixa um bebê."

"Rá", diz A.J.

Quando chegam ao apartamento, Maya está chorando a plenos pulmões, um som que está entre uma vuvuzela e um alarme de incêndio. A.J. deduz que é fome, mas não tem ideia do que uma criança de vinte e cinco meses come. Ele levanta o lábio dela pra ver se tem dentes. Tem e os usa para mordê-lo. Ele dá um google na pergunta: "O que devo dar de comer a uma criança de vinte e cinco meses?", e a resposta que recebe é que ela deve comer o mesmo que seus pais. O que o Google não sabe é que A.J. só come porcaria. Seu freezer contém uma variedade de congelados, a maioria apimentada. Ele liga para sua cunhada, Ismay, pedindo ajuda.

"Desculpe incomodar", ele diz. "Mas o que uma criança de vinte e cinco meses come?"

"Por que quer saber isso?", Ismay pergunta tensa.

Ele explica que alguém deixou um bebê na loja, e, depois de uma pausa, Ismay diz que já está indo.

"Certeza?", A.J. pergunta. Ismay está grávida de seis meses, ele não quer incomodar.

"Certeza. Que bom que ligou. O Grande Novelista Americano está viajando, e eu ando com insônia nos últimos quinze dias mesmo."

Menos de meia hora depois, Ismay chega com uma sacola de comida que pegou em sua cozinha: coisas pra salada, lasanha de tofu e meio crumble de maçã. "O melhor que pude improvisar."

"Tá perfeito", diz A.J. "Minha cozinha é um fiasco."

"Sua cozinha é cena de crime."

Quando a bebê vê Ismay, abre o choro. "Ela deve estar sentindo falta da mãe", diz Ismay. "Será que eu pareço a mãe dela?" A.J. faz que sim, embora pense que provavelmente sua cunhada assusta a nenê. Ela tem um corte de cabelo estiloso, vermelho e espetado, pele pálida e olhos claros, braços e pernas longos e finos. Todos os seus traços são grandes demais, seus gestos, excessivamente animados. Grávida, ela é como uma versão bonita do Gollum. Até sua voz pode assustar um bebê. É precisa, teatral, sempre afinada para preencher o cômodo. Nos quinze anos em que a conhece, A.J. pensa que Ismay envelheceu como uma atriz devia: de Julieta para Ofélia para Gertrudes para Hécate.

Ismay esquenta a comida. "Quer que eu dê?"

Maya olha com cautela para Ismay. "Não, eu tento", diz A.J. Vira-se para Maya: "Você usa garfo e faca?".

Maya não responde.

"Você não tem um cadeirão. Precisa improvisar um estrutura pra ela não cair."

Ele coloca Maya no chão. Constrói três paredes de provas e depois forra o forte de provas com travesseiros.

A primeira colherada de lasanha entra sem problemas. "Fácil."

Na segunda colherada, Maya vira a cabeça no último instante, jogando molho pra todo lado — em A.J., nos travesseiros, no forte. Maya vira de volta com um sorriso enorme no rosto, como se tivesse feito a piada mais fantástica.

"Espero que não precise ler esses", comenta Ismay.

Depois do jantar, eles colocam a bebê para dormir no futon do quarto de visita.

"Por que não deixou a bebê na delegacia?", Ismay pergunta.

"Não pareceu certo."

"Você não quer ficar com ela, quer?" Ismay esfrega a barriga.

"Claro que não. Vou cuidar dela até segunda."

"Quem sabe a mãe aparece, muda de ideia."

A.J. entrega o bilhete para Ismay ler.

"Coitada", diz Ismay.

"Concordo, mas eu não faria isso. Não abandonaria meu filho numa livraria."

Ismay dá de ombros. "A menina deve ter tido seus motivos."

"Como sabe que é uma menina?", pergunta A.J. "Pode ser uma mulher de meia-idade, sem esperanças."

"Acho que a voz da carta me soa jovem. Talvez a caligrafia...", diz Ismay. Passa os dedos pelo cabelo curto. "E de resto?"

"Estou bem." Ele percebe que não pensava no *Tamerlane* ou na Nic havia horas.

Ismay lava a louça, apesar de A.J. a mandar embora. "Não vou ficar com ela", ele repete. "Moro sozinho. Não tenho muito dinheiro, o negócio não está indo muito bem."

"Claro que não", diz Ismay. "Não combina com seu estilo de vida". Seca a louça e guarda. "Mas seria bom você começar a comer uns legumes frescos de vez em quando."

Ismay o beija na bochecha. A.J. pensa que ela parece tanto a Nic, mas é tão diferente. Às vezes as partes parecidas (o rosto, o corpo) são insuportáveis; às vezes são as diferentes (a mente, o coração) que ele não suporta. "Me avisa se precisar de ajuda."

Embora Nic fosse a mais jovem, ela sempre tinha se preocupado com Ismay. Do ponto de vista da Nic, sua irmã mais velha foi o exemplo de como não viver a vida. Tinha escolhido a faculdade porque gostara das fotos no folheto, tinha casado com um homem porque ele ficava lindo de smoking e tinha começado a dar aula porque vira um filme sobre um professor inspirador. "Pobre Ismay", dizia Nic. "Acaba sempre tão decepcionada."

Nic gostaria que eu fosse mais legal com sua irmã, ele pensa. "Como anda o espetáculo?", pergunta.

Ismay sorri e fica parecendo uma menininha. "Juro, A.J., eu não sabia que você sabia."

"*As bruxas de Salém*", complementa A.J. "As crianças vêm comprar."

"Ah, sim, faz sentido. Péssima peça, na verdade. Mas as meninas gritam e berram bastante, então gostam. Eu, nem tanto. Sempre vou pro ensaio com Tylenol no bolso. E talvez em meio àquele berreiro todo, elas aprendam um pouco sobre a história americana. Claro, o motivo real por que escolhi foi por ter muitos papéis femininos, ou seja, menos lágrimas quando eu publico o elenco, sabe? Mas agora, com o bebê chegando, tá começando a parecer tipo, bem, drama *demais*."

Como ele se sente na dívida com ela por causa da comida, A.J. se disponibiliza para ajudar. "Talvez eu possa pintar o cenário ou imprimir o programa e tal."

Ela tem vontade de falar *Você tá doente?*, mas resiste. Além do marido, acredita que seu cunhado seja o homem mais egoísta e autocentrado que já conheceu. Se uma tarde com um bebê já provocou tal influência, o que acontecerá com Daniel quando o nenê deles nascer? O pequeno gesto do cunhado lhe dá esperanças. Acaricia a barriga. É um menino, e já escolheram dois nomes, um de reserva caso o primeiro não combine.

Na tarde seguinte, a neve já tinha parado e até começado a derreter, e um corpo aparece na pequena praia perto do farol. A identidade no bolso mostra que se trata de Marian Wallace, e Lambiase não demora a ligar o corpo e a criança.

Marian Wallace não tem ninguém em Alice, e ninguém sabe quem era ou por que foi até lá ou quem foi ver ou por que decidiu se matar nadando nas águas geladas da baía de Alice Island em dezembro. Quer dizer, ninguém sabe o motivo específico. Sabem que ela é negra, tem vinte e um anos e um bebê de vinte e cinco meses. A esses fatos, adicionam que escreveu um bilhete para A.J. Um narrativa falha, mas adequada, emerge. A lei conclui que Marian Wallace se suicidou, nada mais.

Conforme o fim de semana passa, mais informações sobre Marian Wallace surgem. Ela tinha uma bolsa em Harvard. Era campeã estadual de natação e uma ávida escritora. Era de Roxbury. Sua mãe morreu de câncer quando ela tinha treze anos. A mãe materna morreu há um ano da mesma causa. O pai é viciado em drogas. Ela passou o colegial em diferentes lares provisórios. Uma de suas mães adotivas lembra que a jovem Marian sempre andava com a cabeça enfiada num livro. Ninguém sabe quem é o pai da bebê. Ninguém nem se lembra de ela ter namorado. Estava suspensa por ter repetido todas as matérias do semestre anterior — as exigências da maternidade e uma agenda acadêmica rigorosa foram demais. Era bonita e inteligente, o que faz da sua morte uma tragédia. Era pobre e negra, o que faz as pessoas dizerem que era de se esperar.

Domingo à noite, Lambiase passa na livraria para checar se estava tudo bem com Maya e atualizar A.J. Ele tem muitas irmãs mais novas e se oferece para olhar Maya enquanto A.J. cuida dos negócios. "Você não se importa?", pergunta A.J. "Não tem compromisso?"

Lambiase é um recém-divorciado. Casou-se com a namoradinha do colegial, então levou muito tempo para perceber que ela não era uma pessoa legal. Nas discussões, gostava de chamá-lo de burro e gordo. Aliás, ele não é burro, apesar de nunca ter lido nem viajado muito. Ele não é gordo, apesar de ter o porte de um buldogue — um pescoço grosso e musculoso, pernas curtas, nariz grande e achatado. Um buldogue americano atarracado, não um buldogue inglês.

Lambiase não sente saudade da esposa, mas de ter algum lugar para ir depois do expediente.

Ele senta no chão e pega Maya no colo. Depois que ela adormece, Lambiase conta a A.J. o que ficou sabendo sobre a mãe.

"O que eu acho estranho", diz A.J., "é por que ela estava em Alice, pra começo de conversa. É difícil chegar aqui, sabe? Minha própria mãe só veio me visitar uma vez em todos estes anos que moro aqui. Acha mesmo que ela não veio ver alguém?"

Lambiase muda a posição de Maya em seu colo. "Andei pensando nisso. Talvez ela não tivesse planos. Talvez pegou o primeiro trem e depois o primeiro ônibus e depois o primeiro barco e veio parar aqui."

A.J. assente por educação, mas não acredita no acaso. Ele é um leitor e acredita na construção. Se uma arma aparece no primeiro ato, ela tem que ser disparada no terceiro. A.J. acredita em narrativas.

"Talvez ela quisesse morrer num lugar bonito", acrescenta Lambiase. "Então, a moça do DCF vai vir buscar essa coisa fofa na segunda. Como a mãe não tem família e o pai é desconhecido, precisarão encontrar um lar temporário para ela."

A.J. conta o dinheiro do caixa. "Essa história de lar temporário é barra pesada, não?"

"Às vezes", diz Lambiase. "Mas pequena assim, ela vai se dar bem."

A.J. conta o dinheiro outra vez. "Você disse que a mãe foi para lares temporários?"

Lambiase faz que sim.

"E se ela achou que a criança ficaria melhor numa livraria?"

"Vai saber?"

"Não sou religioso, delegado Lambiase. Não acredito em destino. A minha esposa... ela acreditava em destino."

Nesse instante, Maya acorda e estica os braços para A.J. Ele fecha a gaveta do caixa e a pega. O policial pensa ouvir a menininha chamar A.J. de "papai".

"Ah, já falei pra ela não me chamar disso", explica A.J. "Mas ela não me ouve."

"Criança tem dessas coisas", diz Lambiase.

"Quer beber alguma coisa?"

"Claro, por que não?"

A.J. tranca a porta da frente e sobe a escada. Coloca Maya no bicama e vai até a sala.

"Não posso ter um bebê", A.J. afirma. "Não durmo faz duas noites. Ela é uma terrorista! Tipo, ela acorda em horários malucos. Três e quarenta e cinco da manhã é quando o dia dela começa. Moro sozinho. Sou pobre. Não dá pra criar um bebê só com livros."

"Verdade", concorda Lambiase.

"Eu mal consigo cuidar de mim", A.J. continua. "Ela é pior que um cachorrinho. E um homem como eu não deve ter nem cachorrinho. Ela não sabe fazer as necessidades na privada, e eu não tenho ideia de como ensinar, nem nada do tipo. E eu nunca gostei de bebês. Eu gosto da Maya, mas... Não dá pra ter uma conversa com ela. A gente fala sobre o Elmo, e, aliás, eu não suporto ele, mas, além disso, a gente só fala sobre ela. É totalmente ensimesmada."

"Bebês são assim", diz Lambiase. "A conversa vai melhorar quando ela aprender mais palavras."

"E ela só lê o mesmo o livro. E, tipo, é o pior livro. *O monstro no fim do livro*?"

Lambiase diz que nunca ouviu falar.

"Bem, vai por mim. Ela tem péssimo gosto para livros." A.J. ri.

Lambiase assente e bebe o vinho. "Ninguém está falando que precisa ficar com ela."

"Sim, sim, claro. Mas você acha que eu posso dar opinião sobre onde ela vai ficar? Ela é uma coisinha esperta demais. Tipo, já sabe o alfabeto, e eu até já ensinei ordem alfabética pra ela. Odiaria que fosse parar com uns idiotas que não valorizam isso. Como eu dizia, não acredito em destino. Mas sinto responsabilidade por ela. A mulher deixou a filha sob os meus cuidados."

"Aquela mulher estava louca", diz Lambiase. "Se matou uma hora depois."

"É." A.J. franze a testa. "Você tem razão." Um gritinho do quarto. A.J. pede licença. "Preciso ver se tá tudo bem."

Na segunda, Maya precisa de um banho. Embora ele preferisse deixar atividade tão íntima para o estado de Massachusetts, A.J. não quer entregá-la para a assistente social como uma pequena srta. Havisham. A.J. faz diversas buscas no Google para determinar o protocolo do banho: *temperatura adequada água banheira dois anos*; *uma criança de dois anos pode usar xampu de adulto?*; *como um pai lava as partes íntimas da filha de dois anos sem ser um pervertido?*; *até onde encher a banheira para bebê*; *como evitar que uma criança se afogue na banheira*; *regras gerais para segurança no banho*; e por aí vai.

Ele lava o cabelo de Maya com o xampu de cânhamo da Nic. Muito tempo depois de ter doado ou jogado fora todos os outros pertences de sua esposa, não era capaz de se livrar de seus produtos de banho.

A.J. enxágua o cabelo dela, e Maya começa a cantar.

"O que está cantando?"

"Música", ela responde.

"Qual música?"

"Lá lá. Tchutchu. Lá lá."

A.J. ri. "Tá, não entendi nada, Maya."

Ela joga água nele.

"Mama?", pergunta, depois de um tempo.

"Não, não sou sua mãe", explica A.J.

"Foi embora."

"Sim, e provavelmente não vai voltar."

Maya pensa a respeito e assente. "Canta."

"Não quero."

"Canta."

A menina perdeu a mãe. Ele supõe que é o mínimo que pode fazer.

Não há tempo para dar um Google em canções apropriadas para bebês. Antes de conhecer a mulher, A.J. cantava como segundo tenor nos Footnotes, o grupo masculino a cappella de Princeton. Quando se apaixonou por Nic, quem sofreu foram os Footnotes, e depois de um semestre de ensaios perdidos, foi cortado do grupo. Pensa no último show dos Footnotes, um tributo aos anos 80. Para a performance na banheira, ele segue o programa à risca, começando com "99 Luftballons", seguida de "Get out of My Dreams, Get into My Car". E para o *finale*, "Love in an Elevator". Ele só se sente um pouco bobo.

Ela bate palmas quando ele termina. "De novo", ordena. "De novo."

"Performance única." Ele a tira da banheira e a seca com uma toalha, cada perfeito dedinho do pé.

"Luftballon", diz Maya. "Te amo."

"Quê?"

"Te amo", ela repete.

"Você está apenas influenciada pelo poder do a cappella."

Ela faz que sim. "Te amo."

"Me ama? Você nem me conhece", diz A.J. "Menininha, você não devia sair amando por aí tão fácil." Ele a puxa para perto. "Nossa jornada foi boa. Foram setenta e duas horas deliciosas e, pelo menos para mim, memoráveis, mas algumas pessoas não ficam para sempre em nossas vidas."

Ela olha para ele com seus enormes e céticos olhos azuis. "Te amo."

A.J. seca o cabelo e depois cheira a cabeça para verificar. "Estou preocupado com você. Se amar todo mundo, vai acabar quase sempre de coração partido. Suponho que em relação ao seu tempo de vida, você acha que me conhece há muito tempo. Sua perspectiva de tempo é realmente muito torta, Maya. Mas eu sou velho, e logo vai esquecer que me conheceu."

Molly Klock bate na porta do apartamento. "A mulher do serviço social tá lá embaixo. Posso deixar subir?"

A.J. faz que sim.

Ele puxa Maya para o colo, e eles esperam, ouvindo a assistente social subir os degraus rangentes. "Não tenha medo, Maya. Essa senhora vai achar um lar muito bom pra você. Melhor que esse. Não pode passar o resto da vida dormindo num futon, sabe. O tipo de gente que passa a vida como convidado permanente num futon não é o tipo de gente que quer conhecer."

O nome da assistente social é Jenny. Ele não se lembra de já ter conhecido alguma adulta chamada Jenny. Se ela fosse um livro, seria uma brochura nova em folha — sem orelhas amassadas, sem manchas, sem vincos na lombada. A.J. preferiria uma assistente social com mais experiência. Imagina a sinopse na contracapa da história de Jenny: quando a destemida Jenny de Fairfield, Connecticut, começa a trabalhar como assistente social na cidade grande, não tem ideia do que a aguarda.

"É seu primeiro dia?", A.J. pergunta.

"Não", Jenny responde. "Estou nesse serviço há um tempinho." Sorri para Maya. "Que linda que você é."

Maya enfia o rosto no moletom de A.J.

"Vocês parecem se dar muito bem." Jenny anota algo no seu bloquinho. "Então, funciona assim. Daqui, levo Maya para Boston. Como cuidarei do caso dela, vou preencher uns formulários em seu lugar... Obviamente, ela não consegue sozinha, ha ha. Ela vai ser avaliada por um médico e um psicólogo."

"Ela me parece muito saudável e bem-ajustada", diz A.J.

"Que bom que notou isso. Os médicos vão procurar por atrasos no desenvolvimento, doenças e outras coisas que podem não ser óbvias para o leigo. Depois, Maya será alocada em um dos muitos lares temporários pré-aprovados e..."

A.J. interrompe: "Como um lar temporário é pré-aprovado? É fácil como, tipo, digamos, conseguir um cartão de crédito de loja de departamento?"

"Ha ha. Não, claro que não. Há muito mais etapas. Formulários, visitas..."

A.J. interrompe outra vez: "O que eu quis dizer, Jenny, é como ter certeza de que não estão colocando uma criança inocente na casa de um psicopata?"

"Bem, sr. Fikry, certamente não começamos com a visão de que todos que desejam abrigar uma criança sejam psicopatas, mas fazemos uma análise completa dos lares temporários."

"Eu me preocupo porque... bem, a Maya é muito inteligente, mas também muito ingênua", diz A.J.

"Inteligente, mas ingênua. Boa observação. Vou anotar." Jenny anota. "Então, depois que ela for alocada em um lar temporário de emergência, *não psicótico*", sorri para A.J., "eu volto ao trabalho. Procuro alguém da família estendida e vejo se desejam ficar com ela; se não, começo a procurar uma situação permanente para Maya."

"Quer dizer, adoção."

"Sim, exatamente. Muito bem, sr. Fikry." Jenny não precisa explicar tudo isso, mas gosta de fazer com que bons samaritanos como A.J. sintam-se valorizados. "Por falar nisso, preciso muito agradecê-lo. Precisamos de mais pessoas como você, interessadas." Ela abre os braços para Maya. "Pronta, queridinha?"

A.J. aperta Maya. Respira fundo. Vai fazer mesmo isso? *Sim, vou. Santo Deus.* "Você disse que a Maya ficará num lar temporário. Não pode ser aqui?"

A assistente social aperta os lábios. "Todos os nossos lares temporários passaram pelo processo, sr. Fikry."

"A questão é... sei que não é o normal, mas a mãe me deixou este bilhete." Ele entrega o bilhete para Jenny. "Ela queria que eu ficasse com sua filha, tá vendo? Foi seu último desejo. Acho que o certo é eu ficar com ela. Não quero que ela vá para um lar temporário, se tem um lar aqui. Eu pesquisei ontem à noite a questão no Google."

"Google", Maya diz.

"Ela gosta dessa palavra, não sei por quê."

"Qual 'questão'?", Jenny pergunta.

"Não sou obrigado a entregá-la se o desejo da mãe era que eu ficasse com ela", explica A.J.

"Papai", Maya fala neste momento, como se combinado.

Jenny olha para os olhos de A.J. depois para os de Maya. Ambos irritantemente determinados. Ela tinha pensado que a tarde seria simples, mas está complicando.

Jenny suspira. Não é seu primeiro dia, mas acabou o mestrado em serviço social há apenas um ano e meio. Ela ainda é muito entusiasmada ou muito inexperiente para querer ajudá-los. No entanto, ele é um homem solteiro que mora numa sobreloja. *A papelada vai ser um absurdo*, pensa. "Me ajuda nessa, sr. Fikry. Me fale que tem formação em educação ou desenvolvimento infantil ou coisa do tipo."

"Hum... eu estava fazendo pós-graduação em literatura americana, mas larguei e abri essa livraria. Minha especialidade era Edgar Allan Poe. 'A queda da casa de Usher' é um bom exemplo do que não fazer com crianças."

"Já é alguma coisa", diz Jenny, quando na verdade quer dizer que isso não presta pra nada. "Tem certeza de que está disposto? É um comprometimento financeiro, emocional e de tempo enorme."

"Não", diz A.J. "Não tenho certeza. Mas acho que a Maya tem tanta chance comigo quanto em outro lugar. Eu posso olhá-la enquanto trabalho, e a gente gostou um do outro, acho."

"Te amo", diz Maya.

"É, ela fica falando isso", diz A.J. "Eu já avisei sobre dar amor que não foi merecido, mas, sinceramente, acho que é influência daquele Elmo insidioso. Ele ama todo mundo, sabe?"

"Conheço o Elmo", diz Jenny. Quer chorar. Vai ter mesmo muita papelada. E isso só pra deixar a menina ali em caráter temporário. A adoção em si vai ser o diabo, e Jenny vai ter que fazer aquela viagem de duas horas até Alice Island toda vez que o DCF tiver que conferir a Maya e o A.J. "O.k., vocês dois, vou ligar para o meu supervisor." Quando era criança, Jenny Bernstein, cria de pais estáveis e amorosos de Medford, Massachusetts, amava histórias de órfãos como *Anne Shirley* e *A princesinha*. Recentemente, começou a suspeitar que o efeito sinistro de ler todas essas histórias foi o que a levou a se tornar assistente social. No geral, a profissão se revelou bem menos romântica que as leituras. No dia anterior, uma de suas colegas descobrira uma mãe temporária que tinha deixado um menino de dezesseis anos passar fome e chegar a pesar vinte quilos. "Ainda quero acreditar em finais felizes", disse a colega. "Mas está ficando difícil." Jenny sorri para Maya. Que menininha sortuda, pensa.

No Natal e nas semanas seguintes, Alice Island ferve com a novidade que o viúvo/livreiro A.J. Fikry pegou uma criança abandonada para criar. É a maior história digna de fofoca que Alice tem já faz um tempo — provavelmente desde que o *Tamerlane* foi roubado — e o que é particularmente interessante é o personagem de A.J. Fikry. A cidade sempre o considerara esnobe e frio, e parecia inconcebível que tal homem adotaria um bebê simplesmente porque foi abandonado em sua loja. O floricultor conta uma história sobre ter deixado um óculos de sol na Island Books e voltar lá menos de um dia depois e descobrir que A.J. tinha jogado fora. "Ele disse que não tem espaço na loja pra achados e perdidos. E isso é o que acontece com um belo Ray-Ban vintage!", conta o floricultor. "Não dá pra imaginar o que vai acontecer com um ser humano." Além disso, por anos, A.J. vinha sendo convidado a participar da vida da cidade — patrocinar times de futebol, promover vendas de bolos na loja, comprar anúncio no anuário do colegial. Sempre recusava e nem sempre de maneira educada. Podiam apenas concluir que A.J. tinha se sensibilizado depois da perda do *Tamerlane*.

As mães de Alice temiam que o bebê seria negligenciado. O que um homem solteiro pode saber sobre criar uma criança? Tomaram como causa dar uma passada na loja sempre que possível, para dar conselhos a A.J. e às vezes presentinhos usados: mobília de bebê, roupas, cobertores, brinquedos. As mães se surpreenderam com a pessoinha razoavelmente limpa, feliz e sob controle.

Da parte dele, A.J. não se importa com as visitas. A maior parte dos conselhos, ignora. Os presentes, aceita (embora ele selecione e desinfete depois que as mulheres vão embora). Ele sabe da fofoca pós-visita e decide não se incomodar. Deixa uma embalagem de álcool em gel sobre o balcão, ao lado de uma placa que ordena POR FAVOR, DESINFETE AS MÃOS ANTES DE LIDAR COM A INFANTA. Além disso, as mulheres de fato sabem de algumas coisa que ele não, coisas sobre ensinar a fazer as necessidades no vaso (suborno funciona) e dentição (bandejas de gelo elaboradas) e vacinas (não precisa dar a segunda dose de catapora). Parece que como fonte de conselhos para criação de crianças, o Google é extenso, mas não, oh!, muito profundo.

Durante a visita à bebê, muitas das mulheres compram livros e revistas. A.J. começa a estocar livros que acha que as mulheres vão gostar. Por um tempo, o grupo se interessa por histórias contemporâneas de mulheres competentes, mas presas a casamentos complicados; gostam quando a personagem tem um caso — não que elas teriam (ou admitam que já tiveram). A diversão está em julgar essas mulheres. Mulheres que abandonam os filhos aí já é demais, embora maridos envolvidos em acidentes terríveis costuma ser algo bem-recebido (pontos extras se ele morre e ela reencontra o amor). Maeve Binchy é popular por um tempo, até Margene, que em outra vida foi investidora, levantar a reclamação de que o trabalho de Binchy sempre repete a mesma fórmula. "Quantas vezes vou ler sobre uma mulher que casou cedo demais com um homem ruim, mas lindo, em uma cidade sufocante da Irlanda?" A.J. é encorajado a expandir seus esforços curatoriais. "Se vamos fazer esse clube do livro", diz Margene, "precisamos ter variedade".

"Isso é um clube do livro?", pergunta A.J.

"E não é?", diz Margene. "Não estava pensando que todos esses conselhos sairiam de graça, né?"

Em abril, *Casados com Paris*. Em junho, *Uma esposa confiável*. Em agosto, *A esposa americana*. Em setembro, *A mulher do viajante no tempo*. Em dezembro, não tem mais livros decentes com esposa, mulher ou casados no título. Leem *Bel Canto*.

"E você também deveria expandir sua seção de livros ilustrados", sugere Penelope, sempre com cara de exausta. "As crianças precisam de algo pra ler quando vêm aqui." A mulher traz seus pequeninos para brincar com a Maya, então, faz sentido. Sem mencionar que A.J. está cansado de ler *O monstro no fim do livro*. E embora nunca tenha se interessado por livros ilustrados antes, decide se tornar um *expert*. Quer que Maya leia livros ilustrados *literários*, se é que isso existe. E de preferência modernos. E de preferência feministas. Nada com princesas. E não é que esses livros existem? Ele gosta especialmente de Amy Krouse Rosenthal, Emily Jenkins, Peter Sis e Lane Smith. Uma noite, ele se pega dizendo: "A verdade é que o livro ilustrado tem a mesma elegância que sempre admirei no conto. Sabe o que eu quero dizer, Maya?".

Ela assente muito séria e vira a página.

"O talento de algumas dessas pessoas é impressionante", diz A.J. "Eu sinceramente não fazia ideia."

Maya dá um tapinha no livro. Estão lendo *A pequena ervilha*, a história de uma ervilha que precisa comer todos os doces antes de poder comer os vegetais de sobremesa.

"Essa passagem foi irônica, Maya", diz A.J.

"Passagem", ela repete. Faz o gesto de quem passa roupas.

"Trecho irônico", ele tenta.

Maya inclina a cabeça para o lado, e A.J. decide que vai ensinar sobre passagens irônicas outro dia.

O delegado Lambiase é um frequentador assíduo da loja e, para justificar as visitas, compra livros. Como Lambiase não acredita em desperdício de dinheiro, lê os livros. No começo, só comprava sucessos de vendas — Jeffery Deaver e James Patterson (ou quem quer que escreva para James Patterson) — e depois A.J. lhe indica livros de Jo Nesbø e Elmore Leonard. Ambos fazem sucesso com Lambiase, então A.J. lhe dá outras indicações: Walter Mosley e depois Cormac McCarthy. A última recomendação foi Kate Atkinson.

Lambiase quer conversar sobre o livro assim que chega à loja. "O negócio é: no começo, odiei o livro, mas aí comecei a gostar, sim." Ele se apoia no balcão. "Porque, sabe, é sobre um detetive. Mas vai meio devagar e a maioria das coisas não se resolve. Mas aí pensei, a vida é assim. O meu trabalho é assim mesmo."

"Tem continuação", A.J. informa.

Lambiase assente. "Não sei se estou a fim, por enquanto. Às vezes eu gosto de tudo resolvido. O vilão paga. Os bonzinhos vencem. Esse tipo de coisa. Talvez outro desse Elmore Leonard. Ei, A.J., andei pensando. Talvez a gente pudesse começar um clube do livro para policiais. Tipo, conheço outros que podem gostar de ler essas histórias, e eu sou o delegado, então obrigo todo mundo a comprar o livro aqui. E não precisa ser só gente que trabalha com a Lei. Pode ter gente interessada na Lei também." Lambiase aperta a embalagem de álcool e depois abaixa para pegar Maya.

"Ei, bonitinha, como vai?"

"Adotada", ela responde.

"Que palavra difícil." Lambiase olha para A.J. "Ei, já tá tudo certo mesmo?"

O processo tinha levado o tempo normal e foi concluído em setembro, antes do aniversário de três anos da Maya. Os piores contras foram o fato de A.J. não ter carteira de motorista (nunca tirou por conta das crises de ausência) e, claro, o fato de ser solteiro e nunca ter criado uma criança, nem mesmo um cão ou uma planta. Por fim, a formação de A.J., seu laço forte com a comunidade (ou seja, a livraria) e o fato de a mãe de Maya ter desejado que a menina ficasse com ele foram mais importantes que os contras.

"Parabéns para as minhas pessoas favoritas de livro!", diz Lambiase. Ele joga Maya no ar, depois a pega e recoloca no chão. Ele se debruça sobre o balcão para apertar a mão de A.J. "Vem, tenho que te dar um abraço, cara. Isso é notícia que merece abraço", diz o policial. Lambiase vai para trás do balcão e abraça A.J.

"Vamos brindar", diz A.J.

A.J. coloca Maya no colo e os dois homens sobem as escadas. A.J. coloca Maya pra dormir, o que demora um século (as complicações da ida ao banheiro e dois livros ilustrados inteiros) e Lambiase abre a garrafa.

"Você vai batizar a menina?", pergunta Lambiase.

"Não sou cristão, nem muito religioso", diz A.J. "Então, não."

Lambiase considera a questão, bebe um pouco mais de vinho. "Você não pediu minha opinião, mas acho que deveria ao menos dar uma festa pra apresentá-la à sociedade. Ela é a Maya Fikry agora, não?"

A.J. faz que sim.

"As pessoas deviam saber isso. Precisa dar um nome do meio pra ela também. E acho que eu devia ser o padrinho."

"Como isso funciona?"

"Bem, digamos que a menina está com doze anos e é pega furtando algo na farmácia. Eu provavelmente usaria minha influência para intervir."

"A Maya nunca faria isso."

"É o que todos os pais pensam", diz Lambiase. "Basicamente eu seria o seu backup, A.J. As pessoas têm que ter um backup, um reforço." Lambiase termina a taça. "Eu ajudo com a festa."

"E como funciona uma festa de não batizado?"

"Nada demais. Aqui na loja. Compra um vestido novo pra Maya na ponta de estoque. Aposto que a Ismay ajuda nisso. Compra comida no supermercado. Sabe aqueles muffins gigantes? Minha irmã diz que cada um tem mil calorias. E umas coisas congeladas. Das boas. Camarão. Um pedação de roquefort. E já que não vai ser cristão..."

A.J. interrompe: "Só pra constar: também não vai ser não cristão".

"Certo. Meu ponto é que dá pra servir. E a gente convida seus cunhados e todas aquelas senhoras com quem você anda e todo mundo que se interessou pela pequena Maya, o que, vou te contar, A.J., é quase todo mundo dessas bandas. E eu digo umas belas palavras como padrinho, se quiser. Não uma oração, sei que não curte. Mas eu desejaria tudo de bom nessa jornada que chamamos vida da menina. E você agradece a todos por terem vindo. Brindamos pela Maya. Todo mundo vai embora feliz."

"Então é basicamente um lançamento de livro."

"Sim, claro". Lambiase nunca foi a um lançamento de livro.

"Odeio lançamento de livro", diz A.J.

"Mas você tem uma livraria."

"É um problema", admite A.J.

A festa de não batizado da Maya acontece uma semana antes do Halloween. A não ser por várias crianças fantasiadas, não dá pra diferenciar a festa de um batizado *batizado* nem de um lançamento. É como Lambiase descreveu. A.J. observa Maya em seu vestido de festa rosa e sente algo borbulhante, levemente familiar e um pouco intolerável, dentro dele. Quer gargalhar ou socar uma parede. Sente-se bêbado, ou ao menos gaseificado. Louco. Primeiro, acha que é alegria, mas depois determina que é amor. *Amor, porra*, ele pensa. *Que encheção*. Atrapalhou seu plano de beber até a morte, de arruinar seu negócio. A coisa mais irritante é que quando começa a se importar com uma coisa, começa a se importar com tudo.

Não, a coisa mais irritante é que começou até a gostar do Elmo. Tem pratos descartáveis do Elmo sobre a mesa dobrável, ao lado do camarão. Do outro lado da seção de best-sellers, o discurso de Lambiase consiste de clichês, embora de coração e condizentes: como A.J. transformou limões em limonada, como Maya é a bonança depois da tempestade, como a política de Deus de fechar uma porta para abrir uma janela se aplica aqui e por aí vai. Ele sorri para A.J., que levanta o copo e sorri. E então, embora A.J. não acredite em Deus, fecha os olhos e agradece a sei lá quem, o poder superior, de todo o seu coração de porco-espinho.

Ismay, que A.J. tinha chamado para ser a madrinha, pegou sua mão. "Desculpa te abandonar, mas não estou me sentindo bem."

"Foi o discurso do Lambiase?", A.J. brinca.

"Acho que estou ficando resfriada. Vou pra casa."

A.J. concorda com a cabeça. "Me liga mais tarde, o.k.?"

É Daniel quem liga mais tarde. "A Ismay tá no hospital", ele diz secamente. "Outro aborto."

Com esse, são dois ano passado, cinco no total. "Como ela tá?", A.J. pergunta.

"Perdeu um pouco de sangue e tá cansada. Mas ela é forte."

"Ela é."

"É uma notícia ruim, mas infelizmente eu tenho que pegar um voo cedo pra Los Angeles. O pessoal do cinema tá afoito." O pessoal do cinema sempre fica afoito com as histórias do Daniel, mas nenhum vai pros finalmentes. "Você se importa de ir ao hospital, ver se tá tudo certo quando ela tiver alta?"

Lambiase leva A.J. e Maya ao hospital de carro. A.J. deixa Maya na sala de espera com Lambiase e vai ver Ismay.

Seus olhos estão vermelhos; sua pele, pálida. "Desculpa", ela diz ao ver A.J.

"Por quê, Ismay?"

"Eu mereço isso", ela diz.

"Não merece. Nunca diga isso."

"O Daniel é um babaca por ter feito você vir aqui."

"Eu quis vir", diz A.J.

"Ele me trai. Sabia? Ele me trai o tempo todo."

A.J. não fala nada, mas é claro que sabe. A galinhagem de Daniel não é segredo.

"Claro que você sabe", Ismay diz com a voz rouca. "Todo mundo sabe."

A.J. não fala mais nada.

"Sabe, mas não fala a respeito. Algum tipo de código masculino, suponho."

A.J. olha para ela. Ombros ossudos sob a camisola hospitalar, abdome ainda levemente arredondado.

"Estou um caco", ela diz. "É nisso que tá pensando."

"Não, estava reparando que está deixando seu cabelo crescer. Tá bonito."

"Você é um fofo", ela diz. Nesse instante, Ismay fica sentada e tenta beijar A.J. na boca.

A.J. se afasta. "O médico falou que você pode ir pra casa, se quiser."

"Quando minha irmã casou com você, achei que era uma idiota, mas agora vejo que não é de todo ruim. Como cuida da Maya. Como agora, estando presente. Estar presente é o que conta, A.J.

"Acho que prefiro passar a noite aqui", ela diz, se afastando dele. "Não tem ninguém em casa, não quero ficar sozinha. O que eu falei agora há pouco é verdade. Nic era a boa moça. Eu sou ruim. Casei com um homem ruim também. E sei que as pessoas recebem o que merecem, mas, ai, eu odeio ficar sozinha."

Como é o mundo
1985 / Richard Bausch

Gordinha mora com o avô; treina para a apresentação de ginástica do ginásio.

Você vai se assombrar com o tanto que se preocupará com o sucesso da menininha. Bausch é capaz de provocar tamanha tensão com um episódio aparentemente tão sem importância (embora obviamente esse seja o ponto) e isto deve ser a lição: uma exibição de ginástica pode ter o mesmo drama de um desastre de avião.

Eu não me deparei com essa história até ter me tornado pai, então não posso dizer se teria gostado tanto a.M. (antes de Maya). Eu passei por períodos na vida em que gostei mais de contos. Um desses períodos coincidiu com quando você ainda era bebê — que tempo eu tinha para romances, minha querida?

—A.J.F.

Maya geralmente acorda antes de o sol nascer, quando o único som é A.J. roncando no outro quarto. Em seu pijama com pezinhos, ela atravessa a sala com cuidado até o quarto dele. De primeira, ela sussurra: "Papai, papai". Se não funciona, chama pelo nome, e se isso também não dá certo, grita. E se palavras não são o suficiente, pula na cama, embora preferisse não ter que apelar para esse tipo de estripulia. Agora, ele acorda ainda no nível da conversa. "Acorda", ela diz. "Lá embaixo."

O lugar que Maya mais ama é lá embaixo porque lá embaixo é onde fica a livraria, e a livraria é o melhor lugar do mundo.

"Calça", A.J. murmura. "Café." Seu bafo tem cheiro de meias molhadas de neve.

Há dezesseis degraus antes de chegar na loja. Maya desce arrastando o bumbum, pois suas pernas são muito curtas para descer com confiança. Ela marcha cambaleante pela livraria, passando pelos livros que não têm figuras, pelos cartões comemorativos. Passa as mãos pelas revistas, girando o estande com marca-páginas. Bom dia, revistas! Bom dia, marca-páginas! Bom dia, livros! Bom dia, loja!

As paredes da livraria possuem painéis de madeira da altura da sua cabeça, e acima é papel de parede azul. Maya não consegue alcançar o papel a não ser com uma cadeira. O papel de parede tem uma estampa saliente e espiralada, é gostoso esfregar o rosto nela. Ela vai ler a palavra *adamascado* num livro, certo dia, e pensar: *Sim, é claro que chama assim.* Por outro lado, a palavra *forro* vai ser uma enorme decepção.

A loja tem quinze Mayas de largura e vinte de comprimento. Ela sabe disso pois certa vez passou a tarde medindo, deitando o corpo pelo chão. Que bom que não tem mais de trinta Mayas, porque era o máximo que conseguia contar no dia em que tomou as medidas.

Do seu ponto de vista privilegiado no chão, as pessoas são sapatos. No verão, sandálias. No inverno, botas. Molly Klock às vezes usa botas de plataforma vermelhas que vão até os joelhos. A.J. é tênis preto ou de correr. Lambiase usa sapato preto social. Ismay usa sapatilhas coloridas. Daniel Parish usa mocassim marrom com uma moedinha.

Antes de a loja abrir às dez, ela vai para a sua posição, que é o corredor com livros ilustrados.

A primeira abordagem de Maya ao livro é pelo cheiro. Ela tira a sobrecapa, segura perto do rosto e embrulha sua cabeça com ele. Livros geralmente têm cheiro do sabonete do papai, grama, o mar, a mesa da cozinha e queijo.

Ela estuda as figuras e tenta arrancar a história delas. É trabalhoso, mas mesmo aos três anos, reconhece alguns dos tropos. Por exemplo, animais nem sempre são animais em livros ilustrados. Às vezes representam pais e filhos. Um urso de gravata pode ser um pai. Um urso com peruca loira pode ser a mãe. Dá pra saber muito de uma história pelas figuras, mas as figuras às vezes enganam. Ela preferiria saber as palavras.

Sem interrupções, consegue passar por sete livros numa manhã. No entanto, sempre há interrupções. Em geral, Maya gosta dos clientes e tenta ser educada com eles. Ela entende o negócio que possui com A.J. Quando crianças aparecem no seu corredor, sempre enfia um livro em suas mãos. As crianças vão até o caixa e, na maior parte das vezes, o guardião que as acompanha compra o livro que elas seguram. "Ora, ora, você que escolheu?", o pai perguntará.

Certa vez, alguém perguntou a A.J. se a Maya era dele. "Vocês dois são escuros, mas não o mesmo tipo de preto." Maya se lembra porque o comentário fez A.J. usar um tom de voz que nunca tinha usado com um cliente.

"O que é *o mesmo tipo de preto*?", A.J. perguntou.

"Não, não quis ofender", a pessoa falou e depois os chinelos de dedo saíram pela porta, sem comprar nada.

O que é "o mesmo tipo de preto"? Ela olha para as mãos e pensa.

Ela pensa sobre algumas coisas.

Como se aprende a ler?
Por que adultos gostam de livros sem figuras?
O papai vai morrer?
O que tem pro almoço?

O almoço é por volta da uma e vem da lanchonete. Ela come um queijo quente. A.J., um sanduíche de peru. Ela gosta de ir à lanchonete, mas sempre segura a mão de A.J. Não quer ser esquecida na lanchonete.

À tarde, ela desenha resenhas. Uma maçã significa que o cheiro do livro foi aprovado. Um pedaço de queijo significa que o livro é perfeito. Um autorretrato mostra que ela gosta da ilustração. Ela assina MAYA e depois mostra para A.J.

Ela gosta de escrever seu nome.

MAYA.

Ela sabe que seu sobrenome é Fikry, mas isso não sabe escrever ainda.

Às vezes, depois que os clientes e a Molly foram embora, pensa que ela e A.J. são as únicas pessoas no mundo. Ninguém mais parece tão real quanto ele. Outras pessoas são sapatos para diferentes estações, nada mais. A.J. alcança o papel de parede sem cadeira, consegue mexer no caixa enquanto fala ao telefone, consegue levantar caixas pesadas de livros acima da cabeça, usa palavras absurdamente compridas, sabe tudo sobre tudo. Quem pode ser comparado a A.J. Fikry?

Ela quase nunca pensa na mãe.

Sabe que a mãe está morta. E sabe que morto é quando você dorme e não acorda mais. Ela fica muito triste pela mãe porque quem não acorda não desce a escada até a livraria de manhã.

A Maya sabe que a mãe a deixou na Island Books. Mas talvez isso é o que acontece com todas as crianças de certa idade. Algumas crianças são deixadas em lojas de sapatos. Outras são deixadas em lojas de brinquedos. E algumas são deixadas em lanchonetes. E sua vida inteira é determinada pela loja onde foi deixada. Não quer morar na lanchonete.

Mais tarde, quando ficar mais velha, vai pensar mais na mãe.

À noite, A.J. troca de sapato e a coloca num carrinho. Está ficando apertado, mas ela gosta do passeio, então não reclama. Gosta de ouvir a respiração do A.J. E gosta de ver o mundo passando tão rápido. E, às vezes, ele canta. E, às vezes, conta histórias. Ele conta sobre como tinha um livro chamado *Tamerlane* que valia mais do que todos os livros da loja juntos.

Tamerlane, ela diz, gostando do mistério e da melodia das sílabas.

"E foi dele que tirei seu nome do meio."

À noite, A.J. a coloca na cama. Ela não gosta de ir pra cama, mesmo quando está cansada. Oferecer uma história é a melhor maneira que A.J. encontra para persuadi-la a dormir. "Qual?", ele pergunta.

Ele vem insistindo para que ela pare de escolher *O monstro no fim do livro*, então, para agradar, responde: "*Chapéus à venda*".

Ela já conhece a história, mas não entende. É sobre um homem que vende chapéus coloridos. Ele tira um cochilo e seus chapéus são roubados por macacos. Ela espera que isso nunca aconteça com A.J.

Maya franze a testa e aperta o braço de A.J.

"O que foi?", A.J. pergunta.

Por que macacos querem chapéus?, ela reflete. Macacos são animais. Talvez os macacos, como o urso de peruca que é a mãe, representem outra coisa, mas o que...? Ela tem pensamentos, mas não ideias.

"Lê", diz.

Às vezes o A.J. chama uma mulher para vir à loja ler livros em voz alta pra Maya e pra outras crianças. A mulher gesticula e faz caretas, abaixando e levantando a voz para o efeito dramático. Maya quer falar pra ela relaxar. Está acostumada com o jeito que A.J. lê: suave e baixo. Está acostumada com ele.

A.J. lê: "... no alto, um amontoado de chapéus vermelhos".

A figura mostra um homem com muitos chapéus coloridos.

Maya coloca a mão sobre a de A.J. para impedir que ele vire a página. Ela escaneia a página. De repente, sabe que v-e-r-m-e-l-h-o é vermelho, sabe como sabe que seu nome é Maya, como sabe que A.J. Fikry é seu pai, como sabe que o melhor lugar do mundo é a Island Books.

"O que foi?", ele pergunta.

"Vermelho", ela diz. Pega a mão dele e move para cima da palavra.

É difícil encontrar um homem bom

1953 / Flannery O'Connor

Viagem de família dá errado. É o preferido da Amy. (Ela parece tão meiga na superfície, não?) Amy e eu não costumamos ter o mesmo gosto, mas desse eu gosto.

Quando ela me contou que era seu preferido, pensei em coisas estranhas e maravilhosas sobre sua pessoa, coisas que não tinha imaginado, lugares escuros que posso querer visitar.

As pessoas contam mentiras chatas sobre política, Deus e amor. Você descobre tudo que precisa saber sobre uma pessoa com a resposta desta pergunta: Qual é o seu livro preferido?

—A.J.F.

NA SEGUNDA SEMANA DE AGOSTO, pouco antes de Maya começar o jardim de infância, ela começa a usar óculos (aros redondos e vermelhos) e pega catapora (bolinhas redondas e vermelhas). A.J. amaldiçoa a mãe que falou que a segunda vacina de catapora era opcional, porque essa doença é uma desgraça. Maya está miserável, e A.J. fica miserável porque ela está miserável. As marcas povoam seu rosto, e o ar-condicionado quebra, e ninguém consegue dormir na casa. A.J. traz toalhinhas frias para ela e tira a pele de gomos de tangerina e coloca meias nas mãos dela e fica de guarda ao lado da cama.

Terceiro dia, quatro da manhã, Maya pega no sono. A.J. está exausto, mas inquieto. Ele pediu a uma atendente da loja que pegasse umas provas no porão. Infelizmente, a atendente é nova, e pegou livros da pilha RECICLAR, e não da pilha LER. A.J. não quer deixar Maya sozinha então decide ler uma das provas rejeitadas. No topo da pilha, uma fantasia juvenil em que o personagem principal está morto. *Eca.* Duas das coisas de que menos gosta (narradores *post mortem* e juvenis) em um livro. Joga a carcaça de papel de lado. O segundo na pilha são as memórias de um senhor de oitenta anos, um solteirão, que foi jornalista científico para vários jornais do meio-oeste dos EUA e que casou aos setenta e oito anos. A esposa morreu dois anos depois do casamento, aos oitenta e três. *Desabrochar tardio*, de Leon Friedman. A.J. parece se lembrar do livro, mas não sabe por quê. Ele abre e um cartão cai: AMELIA LOMAN, PTERODACTYL BOOKS. Sim, lembrou.

Claro, ele encontrou Amelia Loman nos anos seguintes àquele desajeitado primeiro encontro. Trocaram um punhado de e-mails cordiais, e ela vem três vezes ao ano reportar os melhores prospectos da Pterodactyl. Depois de passar mais ou menos umas dez tardes com ela, chegou recentemente à conclusão de que ela é boa no que faz. Conhece bem sua lista e as principais tendências literárias. Sempre bem-humorada, mas sem forçar a barra. É gentil com a Maya, sempre se lembra de trazer um livro da linha infantil da Pterodactyl pra menina e nunca a menospreza. Acima de tudo, Amelia Loman é profissional e nunca menciona o mau comportamento de A.J. quando se conheceram. Nossa, ele foi terrível com ela. Como penitência, decide dar uma chance ao *Desabrochar tardio*, embora ainda não seja nem um pouco seu tipo.

"Tenho oitenta e um anos e, estatisticamente falando, deveria ter morrido 4,7 anos atrás", o livro começa.

Às cinco da manhã, A.J. fecha o livro e lhe dá um tapinha.

Maya acorda, se sentindo melhor. "Por que tá chorando?"

"Estava lendo", responde A.J.

Ela não reconhece o número, mas atende no primeiro toque.

"Alô, Amelia? É o A.J. Fikry da Island. Não achei que fosse atender."

"É verdade", ela diz rindo. "Sou a última pessoa no mundo que ainda atende o telefone."

"Sim, acho que é."

"A Igreja católica quer me santificar."

"A santa Amelia, que atendeu o telefone."

A.J. nunca ligou antes. "Ainda estamos combinados pra daqui quinze dias ou precisa cancelar?", Amelia pergunta.

"Ah, não, não é isso. Só queria deixar uma mensagem, na verdade."

Amelia fala monotamente: "Olá, deixe seu recado após o sinal. Bip".

"Hum."

"Bip", Amelia repete. "Vai, deixa o seu recado."

"Hum, oi, Amelia. Aqui é o A.J. Fikry. Acabei de ler um livro que você me recomendou..."

"Ah, é? Qual?"

"Que estranho. A caixa postal parece estar falando comigo. É um de muitos anos atrás. *Desabrochar tardio*, de Leon Friedman."

"Não brinca comigo, A.J. Esse era meu favorito absoluto de quatro listas de inverno atrás. Ninguém queria ler. Eu amei. Ainda amo! Mas eu sou a rainha das causas perdidas."

"Acho que era a capa", A.J. diz sem saber direito o que falar.

"Péssima capa. Pés de gente velha, flores", concorda Amelia. "Como se alguém quisesse pensar em pés enrugados, ainda mais comprar um livro com isso. A capa da brochura também não ajudou — preto e branco, mais flores. Mas as capas sempre são os enteados ruivos do mercado editorial. Colocamos a culpa de tudo nelas."

"Não sei se lembra, mas me deu *Desabrochar tardio* quando nos conhecemos", A.J. diz.

Amelia faz um pausa. "É? É, faz sentido. Quando comecei na Pterodactyl."

"Bem, você sabe, memórias literárias não fazem meu estilo, mas essa é espetacular, à sua maneirazinha. Sábia e..." Ele se sente nu ao falar de coisas que realmente ama.

"E..."

"Escolha exata de palavras colocadas no lugar exato. Esse é o maior elogio que posso dar. Só estou arrependido de ter demorado tanto para ler."

"Sei bem como é. Por que resolveu ler agora?"

"Minha filhinha estava doente, então..."

"Ah, coitada da Maya! Espero que não seja nada grave!"

"Só catapora. Fiquei acordado a noite toda com ela, e era o livro mais próximo."

"Que bom que leu", diz Amelia. "Implorei para que todo mundo que eu conheço lesse, e ninguém meu ouviu, só minha mãe, e mesmo ela foi difícil convencer."

"Às vezes os livros só nos encontram no momento certo."

"Isso não serve de consolo para o sr. Friedman", acrescenta Amelia.

"Bom, eu vou encomendar uma caixa da brochura também lamentavelmente encapada. E, no verão, quando todos os turistas estiverem aqui, talvez possamos chamar o sr. Friedman para um evento."

"Se ele estiver vivo até lá", diz Amelia.

"Ele está doente?", pergunta A.J.

"Não, mas ele tem, tipo, noventa anos!"

A.J. ri. "Bem, Amelia, vejo você daqui a quinze dias, então."

"Talvez na próxima você me ouça quando eu disser que é 'o melhor livro da lista de inverno'!"

"Provavelmente não. Sou velho, tenho minhas manias, do contra."

"Não é tão velho", ela diz.

"Se comparado com o sr. Friedman, acho que não." A.J. dá uma tossidinha. "Quando estiver aqui, poderíamos sair pra jantar ou algo do tipo."

É normal representantes e livreiros repartirem o pão, mas Amelia detecta certo tom na voz de A.J. Ela esclarece: "Podemos ver a lista durante o jantar".

"Sim, claro", A.J. responde rápido demais. "É uma viagem tão longa até Alice. Vai estar com fome. Fui mal-educado por não ter oferecido das outras vezes."

"Vamos almoçar então. Preciso pegar a última balsa para Hyannis."

A.J. decide levar Amelia ao Pequod's, o segundo melhor restaurante de frutos do mar em Alice Island. El Corazon, o melhor, não abre para almoço, e mesmo se abrisse teria parecido romântico demais para o que é, apenas uma reunião de negócios.

A.J. chega primeiro, o que lhe proporciona tempo para se arrepender da escolha. Ele não ia ao Pequod's desde que teve a Maya e acha a decoração vergonhosa, pra turista. A elegante toalha de linho branco não distrai dos arpões, redes e casacos de chuva pendurados nas paredes, ou do capitão, entalhado em um tronco, que dá as boas-vindas com um balde de balas de caramelo salgado de cortesia. Uma baleia de fibra de vidro com minúsculos olhos tristes está postada no teto. A.J. sente o julgamento da baleia: *Devia ter escolhido o El Corazon, camarada.*

Amelia está cinco minutos atrasada. "Pequod, como no *Moby Dick*", ela comenta. Está usando um vestido que parece feito com uma toalha de mesa de crochê por cima de uma combinação rosa vintage. Seu cabelo loiro e encaracolado está enfeitado com uma margarida artificial e ela calça galochas, apesar do dia ensolarado. A.J. pensa que as galochas a deixam parecida com um escoteiro, em alerta e preparado para o desastre.

"Gosta de *Moby Dick*?", ele pergunta.

"Odeio", ela responde. "E não digo isso sobre muitas coisas. Os professores obrigam a leitura, e os pais ficam felizes que os filhos estão lendo algo de 'qualidade'. Mas é forçando as crianças a ler livros assim que faz com que pensem que odeiam ler."

"E não quis cancelar quando viu o nome do restaurante?"

"Ah, eu pensei nisso", ela diz com alegria na voz. "Mas então avisei a mim mesma que é o nome do restaurante e provavelmente não implica na qualidade da comida, não muito. E eu li umas resenhas na internet, parecia delicioso."

"Não confiou em mim?"

"Eu gosto de pensar sobre o que vou comer antes de ir ao lugar. Eu gosto de", ela estica a palavra, "an-te-ci-par". Abre o menu. "Eles têm vários drinques com nomes de personagens." Vira a página. "Enfim, se eu não quisesse comer aqui, teria inventado alguma alergia a frutos do mar."

"Alergia fictícia. Que feio da sua parte."

"Agora não vou poder usar esse truque com você."

O garçom está vestido com uma camisa branca com babados em conflito com seus óculos pretos e cabelo espetado. O *look* é pirata *hipster*. "Ahoy, marinheiros", o garçom fala sem empolgação. "Querem provar um coquetel temático?"

"Prefiro os drinques tradicionais, mas quem resiste a um coquetel temático?", ela pergunta. "Um Queequeg, por favor." Ela pega a mão do garçom. "Espera. É bom?"

"Hum", diz o garçom. "Os turistas parecem gostar."

"Bom, se os turistas gostam", ela diz.

"Hum, só pra conferir, você quer dizer que vai querer ou não?"

"Com certeza, quero", diz Amelia. "Venha o que vier." Ela sorri para o garçom. "Não vou colocar a culpa em você se for péssimo."

A.J. pede uma taça de vinho tinto da casa.

"Que triste", diz Amelia. "Aposto que passou a vida inteira sem experimentar um Queequeg, apesar de morar aqui e vender livros e provavelmente gostar de *Moby Dick*."

"Obviamente você é uma pessoa mais evoluída do que eu", diz A.J.

"Sim, estou vendo. E depois que eu tomar esse coquetel, minha vida inteira vai mudar.

As bebidas chegam. "Ah, olha", diz Amelia. "Um arpãozinho com um camarão enfiado. Que surpresa boa." Ela pega o telefone e tira uma foto. "Gosto de tirar fotos das minhas bebidas."

"São como membros da família."

"São *melhores* que família." Ela levanta o copo e brinda com a taça de A.J.

"E aí, é bom?"

"Salgadinho, gostinho de fruta, de peixe. É como se um coquetel de camarão tivesse feito amor com um bloody mary."

"Gosto de como fala *fazer* amor. E o drinque parece nojento."

Ela dá outro gole e dá de ombros. "Tô gostando."

"Em que restaurante baseado em romance gostaria de jantar?", A.J. pergunta.

"Ah, que difícil. Não vai fazer sentido, mas quando eu estava na faculdade ficava com muita fome lendo *Arquipélago Gulag*. Todas aquelas descrições de pão e sopa de prisão soviética."

"Você é estranha", diz A.J.

"Obrigada. Aonde você iria?"

"Não seria um restaurante per se, mas sempre quis experimentar o manjar turco de Nárnia. Quando li *O leão, a feiticeira e o guarda-roupa*, quando era menino, pensava que o manjar turco devia ser mesmo incrivelmente delicioso, já que fez Edmund trair sua família. Acho que comentei isso com minha esposa, porque um dia a Nic chegou com uma caixa de presente de Natal. E, no fim, descobri que era uma bala de goma empoeirada. Acho que nunca fiquei tão decepcionado."

"Sua infância acabou oficialmente ali."

"Nunca mais fui o mesmo."

"Talvez o da Feiticeira Branca fosse diferente. Tipo, manjar turco mágico deve ser mais gostoso."

"Ou talvez o ponto de Lewis é que o Edmund não precisava de muito incentivo para trair a família."

"Que cínico."

"Você já *experimentou* manjar turco, Amelia?"

"Não".

"Vou te arranjar."

"E se eu amar?", ela pergunta.

"Vai cair no meu conceito."

"Bem, não vou mentir só pra você gostar de mim, A.J. Uma de minhas melhores qualidades é a honestidade."

"Você falou que mentiria sobre uma alergia a frutos do mar só pra não comer aqui."

"Sim, mas só porque eu não queria ferir os sentimentos de um cliente. Eu nunca mentiria sobre algo importante tipo manjar turco."

Eles pedem a comida e então Amelia pega o catálogo de inverno da sacola. "Então, a Pterodactyl."

"A Pterodactyl", ele repete.

Ela passa pela lista, pulando sem dó aqueles de que ele não vai gostar, enfatizando as apostas da editora e usando os adjetivos mais sofisticados para os preferidos. Com alguns clientes, menciona quando tem frases na quarta capa recomendando o livro, aqueles elogios hiperbólicos feitos por autores consagrados. A.J. não é um desses clientes. Na segunda ou terceira reunião, ele se referiu a esses textos como "diamantes de sangue do mercado editorial". Ela o conhece melhor agora, e nem é preciso dizer que o processo ficou menos doloroso. Ele confia mais nela, é o que ela pensa, ou talvez a paternidade o tenha deixado mais mole. (É prudente não dizer isso em voz alta.) A.J. promete ler vários exemplares.

"Em menos de quatro anos, espero", diz Amelia.

"Farei o meu melhor para ler em três." Faz uma pausa. "Vamos pedir a sobremesa. Deve ter uma baleia split ou coisa do tipo.

Amelia geme. "Que trocadilho péssimo."

"Se não se importa com a pergunta: por que o *Desabrochar tardio* era seu livro preferido daquela lista? Você é jovem..."

"Não tão jovem. Tenho trinta e cinco."

"Ainda é jovem", diz A.J. "O que eu quero dizer é que não deve ter feito muito do que o autor descreve. Olho pra você e, tendo lido o livro, imagino o que fez você gostar."

"Ora, ora, sr. Fikry, essa pergunta é muito pessoal." Dá um gole do segundo Queequeg. "O principal motivo foi a qualidade da escrita, claro."

"Claro. Mas não é o suficiente."

"Digamos que eu já tinha ido a muitos, muitos encontros ruins quando o livro chegou à minha mesa. Sou romântica, mas às vezes esses tempos em que vivemos não me parecem muito românticos. *Desabrochar tardio* é um livro sobre a possibilidade de encontrar um grande amor em qualquer idade. Clichê, eu sei."

A.J. assente.

"E você? Por que gostou?", Amelia pergunta.

"Qualidade da prosa, blá-blá-blá."

"Achei que essa resposta era proibida!"

"Você não quer ouvir minhas histórias tristes, quer?"

"Claro que quero. Adoro histórias tristes."

Ele dá a versão resumida da morte de Nic. "Friedman mostra um ponto específico sobre o que é perder alguém. Como não é uma única coisa. Ele escreve sobre como perde e perde e perde."

"Quando ela morreu?"

"Agora já faz um tempo. Eu era só um pouquinho mais velho que você."

"Então faz *muito* tempo."

Ele ignora a farpa. "Esse livro deveria mesmo ter feito sucesso."

"Eu sei. Estou pensando em pedir pra alguém ler um trecho no meu casamento."

A.J. faz uma pausa. "Você vai casar, Amelia. Parabéns. Quem é o sortudo?"

Ela gira o arpão nas águas cor de suco de tomate do seu Queequeg, tentando recapturar o camarão perdido. "Ele se chama Brett Brewer. Eu já estava desistindo quando a gente se conheceu pela internet."

A.J. bebe os sedimentos amargos da sua segunda taça de vinho. "Conte."

"Ele tá no exército, servindo no Afeganistão."

"Muito bem. Vai casar com um verdadeiro herói americano."

"Acho que sim."

"Eu odeio esses caras", ele diz. "Eles fazem com que eu me sinta totalmente inadequado. Me conta alguma coisa ruim sobre ele pra eu me sentir melhor."

"Bom, ele nunca tá em casa."

"Deve sentir muita saudade."

"Sinto. Mas pelo menos dá pra ler bastante."

"Isso é bom. Ele gosta de ler também?"

"Na verdade, não. Não lê muito. Mas isso é interessante, sabe? Digo, é interessante estar com alguém que tem, hum, interesses tão diferentes do meu. Não sei por que fico falando 'interesses'. A questão é que ele é um homem bom."

"Ele é bom com você?"

Ela faz que sim.

"Isso é o que importa. Enfim, ninguém é perfeito", diz A.J. "Provavelmente ele foi obrigado a ler *Moby Dick* no colegial."

Amelia apunhala o camarão. "Peguei", diz. "Sua esposa... ela lia?"

"E escrevia. Mas eu não me preocuparia com isso. Ler é superestimado. Olha tantas coisas boas na TV. Coisas tipo *True Blood*."

"Agora tá tirando sarro de mim."

"Bá! Livros são para nerds", diz A.J.

"Nerds como nós."

Quando a conta chega, A.J. paga, apesar de o costume ditar que o representante pague nessas situações. "Tem certeza?", Amelia pergunta.

A.J. fala que ela pode pagar na próxima.

Do lado de fora do restaurante, Amelia e A.J. apertam as mãos e trocam as gentilezas profissionais de sempre. Ela se vira para andar até a balsa, e um importante segundo depois ele se vira para andar até a livraria.

"Ei, A.J.", ela chama. "Tem algo de heroico em ser livreiro e tem também algo de heroico em adotar uma criança."

"Faço o que posso." Faz uma reverência. No meio da cortesia, ele se dá conta de que não é o tipo de homem que faz reverências e se levanta rapidamente. "Obrigado, Amelia."

"Meus amigos me chamam de Amy."

Maya nunca viu A.J. tão ocupado. "Papai, por que tem tanta tarefa?"

"Algumas são extracurriculares", ele responde.

"O que é 'extracurricular'?"

"Se eu fosse você, iria olhar no dicionário."

Ler uma lista inteira, mesmo a lista de uma editora modesta como a Pterodactyl, é um enorme comprometimento para uma pessoa com uma criança falante e um pequeno negócio. A cada título que termina, envia um e-mail para Amelia, contando o que achou. Nesses e-mails, não consegue usar o apelido "Amy", embora tenha tido permissão. Às vezes, quando realmente gostou de algo, liga. Se odiou, envia uma mensagem: *Não é pra mim*. Da parte dela, nunca recebeu tanta atenção de um cliente.

Não tem outra editora pra ler?, Amelia responde.

A.J. pensa um tempão sobre a resposta. *Nenhuma com um representante de quem eu goste tanto* é o primeiro rascunho, mas decide que é presunçoso demais para uma garota noiva de um herói americano. Reescreve *Essa lista está muito interessante*.

A.J. encomenda tantos títulos da Pterodactyl que até o chefe de Amelia repara. "Nunca vi uma conta tão pequena quanto a Island pedir tantos livros. Novo dono?"

"Mesmo cara", responde Amelia. "Mas ele mudou."

"Bem, você deve ter feito um estrago nele. Aquele cara não pega o que não vende, Harvey nunca chegou perto de tudo isso."

Por fim, A.J. chega ao último. É uma memória encantadora sobre maternidade, álbuns de fotos e a vida de escritora de uma poeta canadense que ele sempre gostou. O livro tem apenas cento e cinquenta páginas, mas leva duas semanas para terminar. Não consegue finalizar um capítulo sem cair no sono ou ser distraído por Maya. Quando acaba, não consegue redigir uma resposta. A escrita é elegante o suficiente, e acha que as mulheres que frequentam a loja podem gostar. O problema, claro, é que, assim que mandar a resposta, terá acabado o catálogo de inverno da Pterodactyl, e não vai ter motivo para entrar em contato com Amelia até a chegada da lista de verão. Gosta dela, e acha possível que ela goste dele, apesar da péssima primeira reunião. Mas... A.J. Fikry não é o tipo de cara que acha legal tentar roubar a noiva de outro. Não acredita em "alma gêmea". Há zilhões de pessoas no mundo; ninguém é *tão especial*. Além disso, mal conhece Amelia Loman. E se, digamos, conseguir roubá-la e eles forem incompatíveis na cama?

Amelia manda uma mensagem: *O que foi? Não gostou?*

Não é para mim, infelizmente, ele responde. *Ansioso pela lista de verão da Pterodactyl. Atenciosamente, A.J.*

Amelia acha a resposta formal demais, desdenhosa. Pensa em ligar, mas não liga. Manda uma mensagem: *Enquanto espera devia assistir a* TRUE BLOOD. *True Blood* é o seriado preferido de Amelia. Virou uma piada interna que A.J. iria gostar de vampiros se assistisse ao programa. Amelia se identifica com a Sookie Stackhouse.

Não vai rolar, Amy. Te vejo em março.

Março está a quatro meses e meio de distância. Até lá, A.J. acha que sua paixonite já vai ter passado ou ao menos entrado em uma dormência tolerável.

Março está a quatro meses e meio de distância.

Maya pergunta o que foi, e ele conta que está triste, pois vai ficar um tempo ser ver uma amiga.

"A Amelia?", pergunta Maya.

"Como você sabe?"

Maya revira os olhos, e A.J. se pergunta quando e onde ela aprendeu esse gesto.

Lambiase recebe o Clube do Livro Escolhido do Delegado na loja aquela noite (escolha: *Los Angeles: Cidade proibida*), depois, como já é a tradição, divide uma garrafa com A.J.

"Acho que conheci uma pessoa", A.J. diz depois de a taça lhe ter amolecido.

"Que bom", diz Lambiase.

"O problema é que ela está noiva."

"Timing ruim", proclama Lambiase. "Sou policial há vinte anos e vou te contar, quase tudo de ruim na vida é resultado de timing ruim, e tudo de bom é timing bom."

"Isso me parece reducionista demais."

"Pensa. Se o *Tamerlane* não tivesse sido roubado, não teria deixado a porta aberta, e Marian Wallace não teria deixado o bebê na loja. Isso aí foi um bom timing."

"Verdade. Mas eu conheci Amelia há quatro anos", argumenta A.J. "Eu só não me dei ao trabalho de reparar nela até dois meses atrás."

"Ainda assim, timing ruim. Sua mulher tinha acabado de falecer. E depois você teve a Maya."

"Não serve de consolo", A.J. fala.

"Mas, ei, é bom saber que seu coração ainda funciona, certo? Quer que eu arrume alguém pra você?"

A.J. balança a cabeça.

"Qual é", Lambiase insiste. "Conheço todo mundo nessa cidade."

"Infelizmente, é uma cidade muito pequena."

Como aquecimento, Lambiase arranja um encontro para A.J. com uma prima sua. O cabelo da prima é loiro com raízes escuras, tem sobrancelhas tiradas demais, um rosto em formato de coração e uma voz aguda como a do Michael Jackson. Ela veste uma blusa decotada e um sutiã *push-up*, que ergue uma pequena e deprimente prateleira onde pousa um pingente com seu nome. Seu nome é Maria. No meio do aperitivo de muçarela, a conversa acaba.

"Qual seu livro preferido?", ele tenta arrancar dela.

Ela mastiga o pão coberto de muçarela e aperta o colar de Maria como se fosse um rosário. "Isso é um tipo de teste, né?"

"Não, não tem resposta errada", diz A.J. "Só tô curioso."

Ela dá um gole do vinho.

"Ou poderia falar que livro mais te influenciou. Quero te conhecer melhor."

Ela dá outro gole.

"Ou que tal a última coisa que leu?"

"A última coisa que li..." Ela franze a sobrancelha. "A última coisa que li foi o cardápio."

"E a última coisa que li foi seu colar", ele diz. "Maria."

A refeição segue perfeitamente cordial depois disso. Ele nunca vai descobrir o que Maria lê.

Em seguida, Margene, da loja, arranja um encontro com sua vizinha, uma bombeira animada chamada Rosie. Ela tem o cabelo preto espetado, com uma mecha azul, braços excepcionalmente musculosos, uma bela risada e unhas curtas pintadas de vermelho com pequenas chamas cor de laranja. Rosie é ex-campeã universitária de corrida com obstáculos e gosta de ler sobre história de esportes, principalmente memórias de atletas.

No terceiro encontro, ela está no meio de uma descrição de um trecho dramático das memórias de Jose Canseco, quando A.J. a interrompe: "Você sabe que é tudo escrito por ghost-writer?".

Rosie diz que sabe e não se importa. "Esses indivíduos de alta performance viveram ocupados com treinos. Quando teriam tempo de aprender a escrever livros?"

"Mas esses livros... Meu ponto é: são, basicamente, mentiras."

Rosie inclina a cabeça na direção de A.J. e bate na mesa com as unhas em chamas. "Você é pedante, sabia? Sendo assim, perde muita coisa legal."

"Já me falaram isso antes."

"Tudo sobre a vida está em memórias de esportistas", ela diz. "Você treina duro, alcança o sucesso, mas, no fim, seu corpo cede e fim."

"Parece um romance recente do Philip Roth."

Rosie cruza os braços. "Essa é uma das coisas que fala pra parecer inteligente, certo? Mas, na verdade, só está querendo fazer que outra pessoa se sinta burra."

Na mesma noite, na cama, depois de um sexo que mais pareceu uma arte marcial, Rosie vira para o outro lado e fala: "Não sei se quero sair com você de novo".

"Desculpa se te magoei", ele fala ao vestir a calça. "O negócio das memórias."

Ela balança a mão. "Não encana. É só o seu jeito."

Ele suspeita que ela tem razão. É um pedante, não serve para relacionamentos. Vai criar sua filha, cuidar da loja, ler seus livros e isso, decide, é mais do que o suficiente.

Sob insistência de Ismay, fica determinado que Maya tem que entrar na aula de dança. "Você não quer que ela se desenvolva por completo?", pergunta Ismay.

"Claro que quero", diz A.J.

"Bom, dança é importante, não apenas fisicamente, mas socialmente também. Ela precisa desenvolver habilidades sociais."

"Não sei. A ideia de matricular uma menininha na aula de dança. Não é meio antiquada e sexista?"

A.J. não sabe se Maya se adequará à dança. Aos seis anos, ela é intelectual — sempre com um livro e satisfeita em ficar em casa ou na livraria. "Ela é desenvolvida", ele diz. "Já lê livros intermediários."

"Claro que é desenvolvida intelectualmente, óbvio", insiste Ismay. "Mas ela parece preferir sua companhia à de qualquer outra pessoa, principalmente da idade dela, e isso provavelmente não é saudável."

"Por que não é saudável?" A.J. sente um frio desagradável na barriga.

"Ela vai ficar que nem você", diz Ismay.

"E o que tem de errado nisso?"

Ismay olha como se a resposta fosse óbvia. "Olha, A.J., vocês dois formam seu próprio mundinho. Você nunca sai com ninguém..."

"Eu saio, sim."

"Nunca viaja..."

A.J. interrompe: "Não estamos falando sobre mim."

"Para com seus argumentos. Você me chamou pra ser a madrinha, e estou falando pra matricular sua filha em uma aula de dança. Eu pago, só pra você não discutir mais."

Há um estúdio de dança em Alice Island e uma turma para meninas entre cinco e seis anos. A dona/professora é a Madame Olenska. Tem uns sessenta anos e, embora não esteja acima do peso, sua pele é flácida, sugerindo que seus ossos encolheram ao longo dos anos. Seus dedos sempre cheios de anéis parecem ter uma junta a mais. As crianças sentem um misto de medo e fascinação por ela. A.J. sente o mesmo. A primeira vez que deixa Maya lá, Madame Olenska diz: "Sr. Fikry, você é o primeiro homem a pisar neste estúdio de dança depois de vinte anos. Precisamos nos aproveitar de você".

No sotaque russo, parece um convite sexual, mas ela necessita é de trabalho braçal. Para o recital de fim de ano, ele pinta e ergue um caixote largo de madeira, que deve se assemelhar a um cubo de brinquedo infantil, com cola quente prega olhos arregalados, sinos e flores, e transforma limpadores de cachimbo em bigodinhos e antenas. (Suspeita que nunca vai tirar o *glitter* de debaixo das unhas.)

Passa um bom tempo daquele inverno com Madame Olenska e aprende muito a seu respeito. Por exemplo, a filha de Madame Olenska foi sua pupila estrela e dança num espetáculo da Broadway e não conversa com Madame Olenska há uma década. Ela balança o dedo de três juntas na direção dele: "Não deixe que isso aconteça com você". Olha dramaticamente pela janela, depois, lentamente, vira-se para A.J. "Você vai comprar propaganda para a livraria no programa do recital, sim." Não é uma pergunta. Island Books torna-se o único patrocinador de *O quebra-nozes, Rodolfo e amigos*, e um cupom natalino para a loja aparece na quarta página do programa. A.J. vai além e arranja uma cesta com livros temáticos de dança para ser rifada e cujo lucro será revertido para o Balé de Boston.

Da mesa da rifa, A.J. assiste ao espetáculo, exausto e levemente gripado. Como as apresentações são arranjadas conforme a habilidade, o grupo de Maya é o primeiro. Ela é um ratinho entusiasmado, gracioso até demais. Ela corre com abandono. Crispa o nariz exatamente como um ratinho. Balança seu rabinho de limpador de cachimbo, que fora esmeradamente espiralado por ele. A.J. sabe que uma carreira como dançarina não está em seu futuro.

Ismay, que cuida da mesa com ele, lhe entrega um lencinho.

"Resfriado", ele diz.

"Claro."

Ao fim da noite, Madame Olenska diz: "Obrigada, sr. Fikry. Você é um bom homem."

"Talvez eu só tenha uma boa filha." Ainda precisa recolher seu ratinho no vestiário.

"Sim", ela diz. "Mas isso não é o suficiente. Precisa de uma boa mulher."

"Eu gosto da minha vida."

"Acha que uma criança é o suficiente, mas ela cresce. Acha que trabalho é o suficiente, mas trabalho não aquece o corpo." Suspeita que Madame Olenska já tinha virado algumas vodcas.

"Feliz Natal, Madame Olenska."

Caminhando de volta pra casa com Maya, contempla as palavras da professora. Ele está sozinho há quase seis anos. O luto é difícil de suportar, mas pra solidão ele nunca deu bola. Além disso, não quer qualquer corpo pra lhe aquecer. Quer Amelia Loman com seu coração enorme e suas péssimas roupas. Alguém como ela, pelo menos.

A neve começa a cair, e flocos ficam pendurados nos bigodinhos da Maya. Ele quer tirar uma foto, mas não quer fazer aquele negócio de parar pra tirar foto. "Fica bem de bigodinho", ele fala.

O elogio ao bigodinho liberta uma enxurrada de observações sobre o recital, mas A.J. está distraído. "Maya", ele diz. "Você sabe quantos anos eu tenho?"

"Sim. Vinte e dois."

"Sou bem mais velho que isso."

"Oitenta e nove?"

"Eu tenho..." Levanta as duas mãos quatro vezes e depois três dedos.

"Quarenta e três?"

"Muito bem. Tenho quarenta e três, e nestes anos aprendi que é melhor ter amado e perdido do que blá-blá-blá e que é melhor ficar só do que com alguém que não gosta muito. Concorda?"

Ela assente solenemente, e suas orelhas de ratinho quase caem.

"Mas, às vezes, eu fico cansado de aprender lições." Ele olha para o rosto intrigado de sua filha. "Seus pés estão molhados?"

Ela faz que sim, ele agacha, e ela sobe nas suas costas. "Segura no pescoço." Depois que ela monta, ele levanta, gemendo um pouco. "Como você tá grande."

Ela pega no lóbulo de sua orelha. "O que é isso?", pergunta.

"Eu usava brinco", ele responde.

"Por quê? Era um pirata?"

"Era jovem", ele diz.

"A minha idade?"

"Um pouco mais velho. Tinha uma moça."

"Uma donzela?"

"Uma mulher. Ela gostava de uma banda chamada The Cure e achou que seria legal se eu furasse a orelha."

Maya pensa a respeito. "Você tinha um papagaio?"

"Não tinha. Tinha uma namorada."

"O papagaio falava?"

"Não, porque não tinha papagaio."

Ela tenta um artifício. "Qual era o nome do papagaio?"

"Não tinha um papagaio."

"Mas, se tivesse um, como seria o nome dele?"

"Como sabe que é 'ele'?", A.J. pergunta.

"Ah!" Coloca a mão sobre a boca e começa a pender para trás.

"Segura no meu pescoço senão você cai. Quem sabe ela se chamava Amy?"

"Amy, a papagaia. Eu sabia. Você tinha um navio?"

"Sim. Com livros. Era um navio de pesquisa. Estudávamos muito."

"Está estragando a história."

"É verdade, Maya. Tem piratas assassinos e piratas pesquisadores, e seu papai era um pesquisador."

A ilha nunca é um destino popular no inverno, mas neste ano Alice está excepcionalmente inclemente. As ruas são um rinque de patinação no gelo, e o serviço da balsa fica parado por dias seguidos. Até Daniel Parish é forçado a ficar em casa. Escreve um pouco, evita a esposa e passa o resto do tempo com A.J. e Maya.

Como a maioria das mulheres, Maya gosta de Daniel. Quando ele chega à loja, não conversa com ela como se fosse uma simplória só porque é criança. Aos seis anos, é sensível às pessoas condescendentes. Daniel sempre pergunta o que ela está lendo e o que está achando. Além disso, ele tem sobrancelhas loiras e grossas, e sua voz a faz lembrar a palavra "adamascado".

Certa tarde, mais ou menos uma semana depois do Ano-Novo, Daniel e Maya estão lendo no chão da loja quando ela se vira e pergunta: "Tio Daniel, tenho uma pergunta. Você não trabalha?".

"Estou trabalhando agora, Maya."

Ela tira os óculos e limpa na camiseta. "Não parece que tá trabalhando. Parece que tá lendo. Você não tem um lugar que vai e trabalha?" Ela elabora: "O Lambiase é policial. O papai é vendedor de livro. O que você faz?".

Daniel pega Maya no colo e leva até a seção de autores locais da Island Books. Por cortesia ao cunhado, A.J. mantém a obra completa de Daniel em estoque, embora só um livro venda, o primeiro, *As crianças na macieira*. Daniel aponta seu nome na lombada. "Sou eu", ele diz. "Esse é meu emprego."

Maya arregala os olhos. "Daniel Parish. Você escreve livros. Você é um...", ela pronuncia a palavra com reverência, "escritor. Sobre o que é esse livro?"

"É sobre as loucuras do homem. É uma história de amor e uma tragédia."

"Tá muito resumido", Maya fala.

"É sobre uma enfermeira que passa a vida cuidando das pessoas. Ela sofre um acidente de carro e as pessoas cuidam dela pela primeira vez."

"Acho que não vou ler", Maya comenta.

"Meio brega, né?"

"Nããããão." Não quer magoar Daniel. "Mas eu gosto de livros com mais ação."

"Mais ação, é? Eu também. A boa notícia, srta. Fikry, é que todo tempo que passo lendo, estou aprendendo a escrever melhor", explica Daniel.

Maya pensa a respeito. "Eu quero esse emprego."

"Muitos querem, minha menina."

"Como eu consigo?"

"Lendo, como mencionado."

Maya assente. "Eu faço isso."

"Precisa de uma boa cadeira."

"Eu tenho uma."

"Então já está com meio caminho andado", Daniel fala antes de colocá-la de volta ao chão. "Eu ensino o resto mais pra frente. Você é uma boa companhia, sabia disso?"

"É o que o meu pai fala."

"Homem esperto. Homem sortudo. Homem bom. Filha esperta também."

A.J. chama Maya para subir pro jantar. "Quer jantar, Daniel?", pergunta A.J.

"Meio cedo pra mim", diz Daniel. "E eu tenho que trabalhar." Ele pisca pra Maya.

Por fim, é março. As ruas descongelam, e tudo fica lamacento. A balsa volta a funcionar, bem como os passeios de Daniel Parish. Os representantes vêm para a cidade com suas ofertas de verão, e A.J. se esforça para ser receptivo. Ele começa a usar gravata para mostrar a Maya que está "trabalhando" e não "em casa".

Talvez por ser a reunião que mais aguarda, marca a de Amelia por último. Umas duas semanas antes da data, envia uma mensagem: *Pode ser no Pequod's? Ou quer conhecer um lugar novo?*

Queequegs por minha conta dessa vez, ela responde. *Já assistiu a* TRUE BLOOD*?*

O inverno foi particularmente hostil para a sociabilização, então, à noite, depois de Maya ter ido dormir, A.J. assistiu a todas as quatro temporadas de *True Blood*. O projeto não demorou muito porque ele gostou bem mais do que o esperado — uma mistura do gótico sulista de Flannery O'Connor com *A queda da casa de Usher* ou *Calígula*. Ele vinha planejando deslumbrar Amelia com seu conhecimento sobre *True Blood* quando ela viesse.

Você vai ter que descobrir quando chegar, ele escreve, mas não aperta Enviar porque decide que está muito provocante. Ele não sabia quando seria o casamento de Amelia, podia já ser uma mulher casada a essa altura. *Vejo você na quinta*, ele escreve.

Na quarta, ele recebe uma ligação de um número que não conhece. É Brett Brewer, Herói Americano, que tem a voz do Bill de *True Blood*. A.J. acha que o sotaque é fingido, mas obviamente um Herói Americano não precisaria fingir um sotaque sulista. "Sr. Fikry, aqui é Brett Brewer, ligando a pedido da Amelia. Ela sofreu um acidente e pediu que eu ligasse pra avisar que vai ter que desmarcar a reunião."

A.J. afrouxa a gravata. "Foi sério?"

"Eu peço pra ela não usar mais aquelas galochas. Tudo bem na chuva, mas é meio perigoso no gelo, cê sabe? Bom, ela escorregou numa escadaria, bem o que eu falei que ia acontecer, e quebrou o tornozelo. Tá na cirurgia. Nada grave, mas vai ficar de cama um tempim."

"Mande melhoras para a sua noiva", A.J. pede.

Uma pausa. A.J. pensa que a ligação caiu. "Pode deixar", Brett Brewer fala antes de desligar.

A.J. fica aliviado que Amelia não tenha se machucado muito, mas desapontado que ela não virá (e também por saber que o Herói Americano ainda está na jogada).

Ele pensa em mandar flores ou um livro, mas, no fim, decide enviar uma mensagem. Tenta achar uma frase de *True Blood*, algo que a faça rir.

Quando procura no Google, todas as frases parecem provocantes. Ele escreve: *Sinto muito que se machucou. Estava ansioso para ver a lista de verão da Pterodactyl. Espero que possamos remarcar logo. E, também, sofro pra dizer isto: "Dar sangue de vampiro para o Jason Stackhouse é como dar jujuba para um diabético".*

Seis horas depois, Amelia responde: *VOCÊ ASSISTIU!!!*

A.J.: *Assisti.*

Amelia: *Podemos ver a lista por telefone ou Skype?*

A.J.: *O que é Skype?*

Amelia: *Eu tenho que te ensinar tudo?!?*

Depois que Amelia explica o que é o Skype, decidem se reunir por esse meio.

A.J. fica feliz em vê-la, mesmo que seja pela tela. Enquanto ela passa pela lista, ele nota que mal está prestando atenção. Está fascinado pela amelianice das coisas que a emolduram: um vidro de conserva cheio de girassóis murchos, um diploma da Vassar (não consegue ler direito), um bonequinho da Hermione Granger daqueles que balançam a cabeça, um retrato da jovem Amelia com pessoas que supõe ser seus pais, um abajur coberto por um lenço de bolinhas, um grampeador que parece uma figura de Keith Haring, uma edição antiga de um livro cujo título A.J. não consegue distinguir, um esmalte brilhante, uma lagosta de dar corda, uma dentadura de vampiro, uma garrafa fechada de champanhe da boa, um...

"A.J.", Amelia interrompe. "Está ouvindo?"

"Sim, claro. Estou..." *Analisando suas coisas?* "Não estou acostumado a skypear. Posso usar Skype como verbo?"

"Acho que o dicionário Oxford ainda não decidiu a respeito, mas acho que tudo bem", ela fala. "Como eu estava dizendo, a Pterodactyl não tem só uma, mas duas seleções de contos na lista de verão."

Amelia descreve as seleções, e A.J. volta a espionar. *Que livro é esse?* É mais fino que uma Bíblia ou um dicionário. Ele tenta se aproximar para ver melhor, mas a desgastada gravação dourada está muito apagada para ser decifrada por vídeo conferência. Ela não está mais falando. Obviamente, uma resposta é esperada.

"Sim, quero muito ler esses", ele diz.

"Legal. Vou colocar no correio hoje ou amanhã. Então é isso, até a lista de outono."

"Espero que possa vir."

"Vou sim. Com certeza."

"Que livro é esse?", A.J. pergunta.

"Que livro?"

"Aquele antigo, encostado no abajur, na mesa atrás de você."

"Curioso", ela diz. "É meu preferido. Presente da minha mãe, de formatura."

"E qual é?"

"Se algum dia vier a Providence, eu mostro."

A.J. olha para ela. Poderia ter sido um flerte, se ela tivesse tirado os olhos das anotações que fazia na hora em que falou. Mas mesmo assim...

"Brett Brewer parece um cara legal", A.J. comenta.

"Quê?"

"Quando ele me ligou pra dizer que você tinha se machucado e não viria", A.J. explica.

"Certo."

"Achei que ele falava como o Bill do *True Blood*."

Amelia ri. "Olha só, fazendo referências a *True Blood* como quem não quer nada. Vou ter que contar essa pro Brett."

"Quando é o casamento, por falar nisso? Ou já foi?"

Ela olha para ele. "Cancelamos, na verdade."

"Que pena", A.J. diz.

"Faz um tempinho. No Natal."

"Pensei porque ele ligou..."

"Ele estava ficando aqui em casa. Fico amiga de todos os meus ex", diz Amelia. "Sou dessas."

A.J. sabe que está sendo intruso, mas não consegue parar. "O que aconteceu?"

"Brett é um cara ótimo, mas a triste verdade é que não temos muito em comum."

"Sensibilidade compartilhada é importante."

O telefone de Amelia toca. "Minha mãe. Preciso atender. Nós nos vemos daqui a dois meses, o.k.?"

A.J. faz que sim. O Skype é desligado e o status de Amelia muda para Ausente.

Ele abre o navegador e dá um Google na seguinte frase: "passeios educacionais familiares perto de Providence, Rhode Island". O resultado não tem nada de chamativo: um museu para crianças, um museu de bonecas, um farol, e coisas que daria pra ver em Boston. Ele decide por um jardim topiário em Portsmouth. Ele e Maya leram um livro ilustrado com animais topiários havia um tempo, e ela pareceu razoavelmente interessada pelo tema. Além disso, é bom sair da ilha, certo? Vai levar Maya para ver os animais, depois dar uma passada em Providence para visitar uma amiga doente.

"Maya", ele fala durante o jantar, "o que acha de ver um elefante gigante topiário?"

Ela o olha. "Sua voz tá engraçada."

"É legal, Maya. Você se lembra do livro que a gente levou sobre topiaria?"

"Tipo, quando eu era pequena."

"Isso. Achei um jardim com animais topiários. Preciso ir ver uma amiga doente em Providence, então pensei que seria legal a gente passar lá." Ele pega o computador e mostra o site do jardim.

"O.k.", ela fala com seriedade. "Eu quero ver isso." Ela aponta que o site diz que o jardim fica em Portsmouth, não em Providence.

"Portsmouth e Providence ficam muito perto", diz A.J. "Rhode Island é o menor estado do país."

No final, contudo, Portsmouth e Providence não ficam tão perto. Embora tenha um ônibus, o jeito mais fácil de chegar é de carro, e A.J. não tem carteira de motorista. Liga para Lambiase e o convida para ir com eles.

"A menina gosta muito de topiários, é?", Lambiase pergunta.

"É louca por eles."

"É meio estranho uma criança gostar tanto disso, só isso."

"Ela é uma criança estranha."

"Mas é bom visitar um jardim no meio do inverno?"

"É quase primavera. Além disso, ela curte isso agora. Vai saber no que ela vai estar interessada no verão?"

"As crianças mudam rápido. É verdade", concorda Lambiase.

"Olha, você não precisa ir."

"Ah, eu vou sim. Quem não quer ver um elefante verde gigante? O negócio é que, às vezes, as pessoas falam que é um tipo de passeio, mas na verdade é outro tipo de passeio, sabe do que tô falando? Eu só quero saber que tipo de passeio é esse. Vamos ver topiários ou outra coisa? Talvez aquela moça sua amiga, digamos?"

A.J. inspira. "Passou pela minha mente visitar a Amelia, sim."

A.J. envia uma mensagem para Amelia no dia seguinte: *Eu me esqueci de falar que a Maya e eu vamos pra Rhode Island na semana que vem. Em vez de enviar os livros, eu podia passar aí pra buscar.*

Amelia: *Não tenho aqui. Mandei o pessoal de NY enviar.*

Que plano malfeito, A.J. pensa.

Dois minutos depois, Amelia envia outra mensagem: *O que vão fazer em Rhode Island, afinal?*

A.J.: *Vamos ao jardim topiário em Portsmouth. A Maya ama topiários!* (Fica só um pouco atormentado pelo ponto de exclamação.)

Amelia: *Não sabia que isso existia. Queria ir junto, mas ainda estou semi-imobilizada.*

A.J. espera alguns minutos antes de mandar: *Está precisando de visitas? Talvez a gente possa dar uma passada.*

Ela não responde de imediato. A.J. interpreta o silêncio como um modo de falar que já tem todas as visitas de que precisa.

No dia seguinte, Amelia responde: *Claro. Eu gostaria de visita. Não comam. Vou preparar algo pra você e pra Maya.*

"Meio que dá pra ver se ficar na pontinha dos pés e olhar por cima do muro", A.J. fala. Saíram de Alice às sete da manhã, pegaram a balsa para Hyannis, então dirigiram duas horas até Portsmouth apenas para descobrir que o jardim topiário fica fechado de novembro a maio.

A.J. descobre que não é capaz de olhar nos olhos de sua filha, nem nos de Lambiase. Está abaixo de zero, mas a vergonha o aquece.

Maya fica na ponta dos pés, mas não dá certo, então tenta pular. "Não consigo ver nada", diz.

"Vem, vou te levantar", oferece Lambiase, colocando a garotinha nos ombros.

"Talvez dê pra ver um pouquinho", diz Maya, cética. "Não, não consigo ver nada mesmo. Tá tudo coberto." Seu lábio inferior começa a tremer. Ela olha para A.J. com olhos tristes. Ele acha que não suporta mais.

De repente, ela sorri para A.J. "Sabe, papai? Eu consigo imaginar o elefante embaixo da lona. E o tigre! E o unicórnio!" Ela assente para o pai, como se para dizer: *Obviamente este exercício da imaginação foi a sua intenção ao me trazer aqui no meio do inverno.*

"Muito bom, Maya." Ele se sente o pior pai do planeta, mas a fé de Maya nele parece ter sido recuperada.

"Olha, Lambiase! O unicórnio está tremendo. Que bom que tem a lona. Tá vendo, Lambiase?"

A.J. vai até a guarita, onde uma vigia lhe atira um olhar empático. "Acontece direto", ela fala.

"Então acha que não traumatizei minha filha pra sempre?"

"Claro que traumatizou", diz a vigia. "Com certeza, deve ter feito isso, mas duvido que foi hoje. Nenhuma criança deu errado por não ver animais topiários."

"Mesmo se o motivo real do pai fosse visitar uma moça sexy em Providence?"

Ela parece não ouvir. "Minha sugestão é que passem em uma das mansões da Era Dourada. As crianças amam."

"É?"

"Algumas. Claro. Por que não? Talvez a sua seja do tipo que gosta."

Na mansão, Maya comenta que a fonte lhe lembra *Dos arquivos bagunçados da srta. Basil E. Frankweiler*, um livro que Lambiase não leu.

"Ah, você precisa ler, Lambiase", diz Maya. "Vai amar. Tem uma garota e o irmão dela, e eles fogem..."

"Fugir não é piada." Lambiase franze a testa. "Como policial, posso dizer que as crianças não se dão bem nas ruas."

Maya continua: "Eles vão pra um museu enorme em Nova York e se escondem lá. É um...".

"É um crime, isso, sim", diz Lambiase. "Com certeza, invasão de propriedade. Provavelmente arrombamento também."

"Lambiase", Maya fala, "você não está entendendo".

Depois de um almoço superfaturado na mansão, eles dirigem até Providence para fazer check-in no hotel.

"Vai visitar a Amelia", diz Lambiase para A.J. "Estou pensando em levar a menina para o Museu Infantil. Quero mostrar por que não seria possível se esconder num museu. Não num mundo pós-Onze de Setembro, pelo menos."

"Não precisa fazer isso." A.J. queria levar Maya junto para a visita parecer mais casual. (Sim, ele planejava usar a filha como adereço.)

"Divirta-se", diz Lambiase. "É para isso que servem os padrinhos. Backup."

A.J. chega à casa da Amelia antes das cinco. Ele levou uma sacola da Island Books com livros da Charlaine Harris, uma garrafa de um bom Malbec e um buquê de girassóis. Depois de tocar a campainha, decide que as flores são muito óbvias e as enfia embaixo das almofadas do balanço da varanda.

Quando ela abre a porta, seu joelho está apoiado em um carrinho. Seu gesso é rosa e tão assinado quanto o da criança mais popular da escola. Está usando um minivestido azul-marinho e um lenço de estampa vermelha amarrado estilosamente no pescoço. Parece uma aeromoça.

"Cadê a Maya?", ela pergunta.

"Meu amigo Lambiase a levou ao Museu Infantil."

Amelia inclina a cabeça. "Isso não é um encontro, é?"

A.J. tenta explicar que o jardim topiário estava fechado. A história soa incrivelmente implausível — na metade, quase decide largar a sacola e sair correndo.

"Tô enchendo", ela diz. "Entra."

A casa da Amelia é bagunçada, mas limpa. Tem um sofá de veludo roxo, um pequeno piano de cauda, uma mesa de jantar com doze lugares, muitas fotos de amigos e da família, diversas plantas em variados estágios de saúde, um gato malhado chamado Puddleglum e, claro, livros por toda parte. A casa cheira à comida que ela está fazendo: lasanha e pão de alho. Ele tira o sapato para não trazer lama pra dentro. "Sua casa é igualzinha a você", ele diz.

"Bagunçada, desarrumada", ela diz.

"Eclética, charmosa." Ele tosse e tenta não se sentir insuportavelmente brega.

Acabam o jantar e já abrem a segunda garrafa de vinho quando A.J. finalmente toma coragem para perguntar o que aconteceu com Brett Brewer.

Amelia dá um sorrisinho. "Se eu contar a verdade, não quero que tire a conclusão errada."

"Não vou. Prometo."

Ela dá o último gole da taça, com resíduos. "No outono passado, quando a gente se correspondia direto... Escuta, não quero que pense que terminei com ele por sua causa, porque não terminei. Terminei porque você me fez lembrar de como é importante compartilhar uma sensibilidade com alguém, compartilhar paixões. Pareço uma boba."

"Não."

Ela estreita os lindos olhos castanhos. "Você foi tão ruim comigo na primeira vez. Ainda não perdoei, sabe?"

"Torcia para que já tivesse esquecido aquilo."

"Não esqueci. Minha memória é longa, A.J."

"Eu fui péssimo. Em minha defesa, eu passava por um período ruim." Ele se inclina sobre a mesa e tira um cacho loiro do rosto dela. "A primeira vez que vi você, achei parecida com uma flor, um dente-de-leão."

Ela se arruma, comedida. "Meu cabelo dá um trabalho."

"É a minha flor preferida."

"Acho que, na verdade, é uma erva daninha", ela diz.

"Você é bem linda, sabia?"

"Me chamavam de Garibaldo na escola."

"Que dó."

"Tem apelidos piores", ela diz. "Eu falei sobre você pra minha mãe. Ela disse que não parece um bom partido, A.J."

"Eu sei. É uma pena. Porque eu gosto demais de você."

Amelia suspira e começa a tirar a mesa.

A.J. fica de pé. "Não, por favor. Deixa comigo. Você deve ficar sentada." Ele empilha os pratos e os coloca na lava-louça.

"Quer ver que livro é?", ela pergunta.

"Que livro?", A.J. pergunta ao deixar a travessa da lasanha de molho na água.

"Aquele no meu escritório, que você queria saber. Não foi isso que veio ver?" Ela fica de pé, trocando o carrinho por muletas. "Mas pra chegar no escritório tem que passar pelo quarto."

A.J. assente. Anda rapidamente pelo quarto para não parecer presunçoso. Ele está quase na porta do escritório quando Amelia senta na cama e diz: "Espera. Mostro o livro amanhã". Dá um tapinha no lugar ao seu lado. "Meu calcanhar dói, então, peço desculpas se falta a sutileza de sempre na minha sedução."

Ele tenta andar confiante até a cama de Amelia, mas A.J. nunca foi confiante.

Depois que Amelia pega no sono, A.J. vai na ponta dos pés até o escritório.

O livro está encostado no abajur, do mesmo jeito que no dia em que conversaram pelo computador. Mesmo ao vivo, a capa está muito apagada para ler. Abre o frontispício. É difícil encontrar *Um homem bom e outras histórias*, de Flannery O'Connor.

Querida, Amy, está escrito na dedicatória, *a mamãe disse que este é seu livro predileto. Espero que não se importe que eu tenha lido a história do título. Achei um pouco sombria, mas gostei. Um feliz dia de formatura! Estou tão orgulhoso de você. Com amor como sempre, Papai.*

A.J. fecha o livro e o coloca novamente encostado no abajur.

Escreve um bilhete: *Cara Amelia, honestamente acho que não vou aguentar esperar até a lista de outono para que você volte a Alice. Atenciosamente, A.J.F.*

A célebre rã saltadora do condado de Calaveras
1865 / Mark Twain

História proto-pós-moderna de um apostador e sua amiga rã. O roteiro não tem nada demais, mas vale a leitura por conta da diversão que Twain tem com a autoridade narrativa. (Ao ler Twain, com frequência suspeito que ele está se divertindo mais do que eu.)

"Rã saltadora" sempre me lembra da vez que Leon Friedman visitou Alice. Você lembra, Maya? Se não, peça pra Amy contar um dia desses.

Pela porta, vejo as duas sentadas no velho sofá roxo da Amy. Você lê Canção de Salomão, *de Toni Morrison, e ela lê* Olive Kitteridge, *de Elizabeth Strout. O malhado, Puddleglum, está entre as duas, e eu não me lembro de já ter me sentido tão feliz.*

—A.J.F.

Nessa primavera, Amelia começa a usar sapatilhas e faz mais visitas comerciais a Island Books do que a conta necessita. Se o chefe nota, não diz nada. O mercado editorial ainda é um negócio de cavalheiros e, além disso, A.J. Fikry está pegando um número extraordinário de títulos da Pterodactyl, mais do que qualquer outra livraria no corredor noroeste. O chefe não liga se os números são provenientes do amor ou do comércio ou de ambos. "Talvez", o chefe diz para Amelia, "possa sugerir ao sr. Fikry um lugar de destaque para a Pterodactyl Press na mesa da frente da loja".

Nessa primavera, A.J. beija Amelia logo antes de ela embarcar na balsa de volta a Hyannis e fala: "Não dá pra você morar numa ilha. Precisa viajar muito a trabalho".

Ela o afasta e ri. "Concordo, mas esse é o seu jeito de me convidar para morar em Alice?"

"Não, eu... Bom, só estou pensando em você. Não seria prático. Esse é meu ponto."

"Não, não seria", ela diz. Desenha um coração no peito dele com a unha rosa florescente.

"Que cor é essa?", A.J. pergunta.

"Óculos cor-de-rosa." A buzina toca, e Amelia embarca.

Nessa primavera, enquanto esperam o ônibus, A.J. fala para Amelia: "Não dá nem pra chegar em Alice durante três meses do ano".

"Seria mais fácil morar no Afeganistão. Inclusive, eu gosto como toca nesse assunto no ponto de ônibus."

"Eu tento não pensar nisso até o último minuto."

"Bela estratégia."

"Você quer dizer o contrário." Ele pega a mão dela. São mãos grandes, mas delicadas. Mãos de pianistas. Escultora. "Você tem mãos de artista."

Amelia revira os olhos. "E a mente de uma representante de livros."

As unhas estão pintadas de um tom de roxo-escuro. "Que cor é a dessa vez?"

"Viajante do blues. Por falar nisso, se importa se eu pintar as unhas da Maya na próxima vez? Ela vive pedindo."

Nessa primavera, Amelia leva Maya até a farmácia e a deixa escolher a cor de esmalte que quiser. "Como você escolhe?", pergunta Maya.

"Às vezes, me pergunto como estou me sentindo. Às vezes me pergunto como gostaria de me sentir."

Maya estuda as fileiras de vidrinhos. Escolhe um vermelho e devolve à prateleira. Pega um prata iridescente.

"Nossa, lindo. E aqui vem a melhor parte. Cada cor tem um nome", Amelia conta. "Vira o vidrinho."

Maya vira. "É como um título de livro! Pérola da manhã", ela lê. "E o seu?"

Amy selecionou um azul pálido. "Não leve a vida a sério."

Nessa semana, Maya acompanha A.J. até o porto. Ela abraça Amelia e pede que não vá embora. "Não quero ir", Amelia diz.

"Então por que tem que ir?", Maya pergunta.

"Porque não moro aqui."

"Por que não mora aqui?"

"Porque trabalho em outro lugar."

"Pode trabalhar na loja."

"Não posso. Seu pai provavelmente me mataria. Além disso, gosto do meu trabalho." Ela olha para A.J., que finge ostensivamente mexer no celular. A buzina toca.

"Fala tchau pra Amy, Maya", diz A.J.

Amelia liga para A.J. da balsa. "Não posso me mudar para Alice. Você não pode se mudar de Alice. Não temos saída."

"Não temos. Que cor era a de hoje?"

"Não leve a vida a sério."

"Tem significado?"

"Não."

Nessa primavera, a mãe de Amelia fala: "Não é justo com você. Está com trinta e seis anos e não está ficando mais jovem. Se quer mesmo ter um bebê, não pode perder tempo em relacionamentos impossíveis, Amy".

E Ismay fala para A.J.: "Não é justo com a Maya essa tal de Amelia ser tão importante na sua vida se não está levando a sério".

E Daniel fala para A.J.: "Não deve mudar sua vida por mulher nenhuma".

Em junho, o clima bom faz A.J. e Amelia esquecerem essas e outras objeções. Quando Amelia vem apresentar a lista de outono, fica duas semanas. Usa shorts de algodão e chinelos de dedo enfeitados com margaridas. "Provavelmente não vamos nos ver muito no verão", ela diz. "Vou viajar a trabalho e depois minha mãe vem me visitar em agosto."

"Eu posso ir pra Providence", A.J. sugere.

"Eu realmente vou ficar fora muito tempo. Menos em agosto, mas minha mãe é difícil."

A.J. passa filtro solar nas costas fortes e macias dela e decide que simplesmente não pode ficar sem Amelia. Decide que vai esquematizar um motivo para ela vir.

Assim que ela chega a Providence, A.J. chama pelo Skype. "Andei pensando. A gente devia convidar o Leon Friedman para uma sessão de autógrafos em agosto, quando os veranistas ainda estiverem na cidade."

"Você odeia os veranistas", diz Amelia. Já ouviu A.J. reclamar mais de uma vez sobre os residentes sazonais de Alice Island: as famílias que entram na loja depois de comprar sorvete e deixam as crianças correr e passar a mão em tudo, o pessoal do festival de teatro com suas risadas altas demais, o pessoal do sul que pensa que entrar no mar uma vez por semana é o suficiente como higiene pessoal.

"Isso não é verdade", A.J. fala. "Gosto de reclamar, mas vendo muito pra eles também. E a Nic costumava dizer que, ao contrário da crença popular, o melhor momento para marcar um evento é em agosto. As pessoas já estão tão entediadas a essa altura que fazem qualquer coisa pra se distrair, até ir em sessões de autógrafos de autores."

"Sessão de autógrafos", diz Amelia. "Nossa, isso que é diversão precária."

"Comparado a *True Blood*, suponho que sim."

Ela ignora. "Na verdade, adoro esses eventos." Quando ela estava começando no mercado editorial, um namorado a arrastou para um evento fechado da Alice McDermott no 92Y. Amelia pensava que não tinha gostado de *O charmoso Billy*, mas percebeu, ao ouvir McDermott ler — o modo como seus braços se moviam, a ênfase que colocava em certas palavras —, que não tinha entendido nada do romance. No metrô, o namorado pediu desculpas pelo negócio ter sido tão chato. Uma semana depois, ela terminou o relacionamento. Não consegue deixar de pensar em como era jovem, como suas expectativas eram impossivelmente altas.

"O.k.", Amelia diz para A.J. "Vou colocar você em contato com o assessor de imprensa."

"Você vem, né?"

"Vou tentar. Minha mãe vem me visitar em agosto, então..."

"Vem com ela!", diz A.J. "Eu quero conhecer sua mãe."

"Só fala isso porque não conheceu ainda."

"Amelia, meu amor, você tem que vir. Estou trazendo o Friedman pra você."

"Não me lembro de ter dito que queria conhecer o Friedman", diz Amelia. Mas essa é a beleza do vídeo, A.J. pensa, pois pode ver que ela está sorrindo.

Na segunda de manhã, a primeira coisa que A.J. faz é telefonar para a assessora de imprensa de Leon Friedman na Pterodactyl. Ela tem vinte e cinco anos e é recém-chegada, como elas sempre são. Ela tem que procurar no Google quem é Leon Friedman para saber de que livro se trata. "Ah, uau, é o primeiro que pede um evento para o *Desabrochar tardio*."

"É um best-seller na nossa livraria."

"Tipo, é o primeiro mesmo. Tipo, sério mesmo. Não tenho certeza, mas..." A assessora faz uma pausa. "Vou conversar com o editor para ver se o Leon faz eventos. Nunca conheci o cara, mas estou olhando pra foto dele e ele é... idoso. Posso retornar?"

"Se ele não for muito idoso para viajar, queria marcar para o fim de agosto, antes de os veranistas irem embora. Vai vender mais livros assim."

Uma semana depois, a assessora deixa recado que Leon Friedman ainda não está morto e está disponível para ir em agosto até a Island Books.

Há anos A.J. não produz um evento. O motivo: não tem talento para esses arranjos. A última vez que a Island recebeu um autor, a Nic ainda estava viva, e sempre foi ela quem organizava tudo. Tenta lembrar o que ela fazia.

Ele encomenda livros, pendura cartazes com o velho rosto de Leon Friedman pela loja, envia convites pelas redes sociais relevantes e pede a amigos e empregados que façam o mesmo. Ainda assim, os esforços parecem incompletos. Os lançamentos de livro de Nic sempre tinham algo de especial, então A.J. tenta bolar alguma coisa. Leon Friedman é VELHO, e o livro foi um fracasso. Nada disso parece ser motivo pra uma festa. O livro é romântico, mas também muito deprimente. A.J. decide ligar para Lambiase, que sugere camarão, o que A.J. já reconhece como a sugestão padrão do amigo para festas. "Ei, se vai começar a fazer eventos, eu adoraria conhecer o Jeffery Deaver. Todo mundo na polícia de Alice é fã."

A.J. então liga para Daniel, que o informa: "A única coisa que um bom lançamento precisa é de muita bebida".

"Chama a Ismay", A.J. pede.

"Não é uma ideia tremendamente literária ou brilhante, mas que tal uma festa no jardim?", Ismay sugere. "*Desabrochar tardio*. Desabrochar. Sacou?"

"Sim", ele diz.

"Todo mundo com chapéus floridos. O escritor julga o chapéu mais bonito e tal. Vai alegrar o ambiente, e todas as mães suas amigas provavelmente vão dar uma passada, ao menos pra ter a chance de tirar foto uma da outra com chapéus ridículos."

A.J. pensa a respeito. "Que horror."

"Foi só uma sugestão."

"Mas, tô pensando, é o tipo certo de horror."

"Aceito o elogio. A Amelia vem?"

"Espero que sim. Estou organizando essa maldita festa pra ela."

Em julho, A.J. e Maya vão até a única joalheria de Alice Island. A.J. aponta para um anel vintage com uma pedra quadrada simples.

"Muito sem graça", diz Maya. Ela prefere um diamante do tamanho do Ritz, que custa mais ou menos o valor de uma primeira edição em perfeitas condições de *Tamerlane*.

Decidem por um da década de 1960 com um diamante no meio envolto por pétalas esmaltadas. "Como uma margarida", diz Maya. "Amy gosta de flores e coisas alegres."

A.J. acha o anel meio brega, mas sabe que Maya tem razão — este é o anel que Amelia escolheria, o que a faria feliz. No mínimo, vai combinar com o chinelo.

Na caminhada de volta à livraria, A.J. avisa a Maya que Amelia pode dizer não. "Ela ainda será nossa amiga, mesmo se disser não."

Maya assente, depois assente mais um pouco. "Por que diria não?"

"Bem... Muitos motivos, na verdade. Seu pai não é exatamente um partidão."

Maya ri. "Bobo."

"E nossa cidade é difícil, e Amy tem que viajar muito a trabalho."

"Vai pedir na festa do livro?", Maya pergunta.

A.J. nega com a cabeça. "Não, não quero deixar a Amelia com vergonha."

"Por que ela ia ficar com vergonha?"

"Bem, não quero que ela se sinta obrigada a dizer sim só porque tem um monte de gente em volta, entende?" Quando ele tinha nove anos, seu pai o levou a um jogo do Giants. Sentaram perto de uma mulher que foi pedida em casamento no intervalo, pelo telão gigante. *Sim*, dissera a mulher com a câmera nela. Mas logo depois que o jogo recomeçou, ela começou a chorar incontrolavelmente. Depois daquilo, A.J. nunca mais gostou de futebol americano. "E talvez eu também não queira passar vergonha."

"Depois da festa?"

"Sim, talvez, se eu tiver coragem." Ele olha pra Maya. "Por falar nisso, tudo bem com você?"

Ela assente e limpa os óculos na camiseta. "Papai, eu contei pra ela dos topiários."

"Contou o quê?"

"Contei que nem gosto disso e que tinha certeza de que a gente foi até Rhode Island só pra você passar na casa dela."

"Por que contou isso?"

"Ela disse faz um tempinho que você era 'uma pessoa difícil de entender'."

"Infelizmente, acho que isso é verdade."

Autores nunca se parecem muito com sua foto de autor, mas a primeira coisa que A.J. pensa quando conhece Leon Friedman é que ele *realmente* não se assemelha à sua foto de autor. O Leon Friedman da foto é mais magro, barbeado e seu nariz é mais comprido. O verdadeiro Leon Friedman parece uma mistura do Ernest Hemingway já velho com o Papai Noel da loja de departamentos: nariz grande e vermelho, barrigudo, barba branca desgrenhada, olhos agitados. O verdadeiro Leon Friedman parece dez anos mais novo que a sua foto de autor. A.J. culpa a barba e o excesso de peso. "Leon Friedman. Exímio escritor", ele se apresenta. Puxa A.J. para um abraço de urso. "Prazer em conhecê-lo. Deve ser o A.J. A moça da Pterodactyl disse que adorou meu romance. Bom gosto da sua parte, se me permite dizer."

"Interessante chamar seu livro de romance", diz A.J. "Não se tratam de memórias?"

"Ah, bem, isso é discutir o sexo dos anjos, não? Por acaso, não tem algo para eu beber? Um pouco do velho vinho sempre me ajuda nesse tipo de evento."

Ismay providenciou chá e lanchinhos para o evento, mas nada alcoólico. Tinha sido marcado para as duas da tarde num domingo, e ela não pensou que bebidas seriam necessárias nem combinariam com o clima da festa. A.J. sobe para pegar uma garrafa.

Quando desce, Maya está sentada no joelho de Leon Friedman.

"Eu gosto de *Desabrochar tardio*", ela está falando, "mas não tenho certeza se sou o público-alvo".

"Ho ho ho, que observação interessante, garotinha", é a resposta de Friedman.

"Faço muitas dessas. O único escritor que conheço é o Daniel Parish. Sabe?"

"Creio que não."

Maya suspira. "É mais difícil conversar com você do que com o Daniel. Qual é o seu livro preferido?"

"Acho que não tenho um. Por que não me conta o que quer de Natal?"

"Natal? O Natal é só daqui a quatro meses."

A.J. recolhe a filha do colo do homem e lhe dá uma taça de vinho em troca. "Muito agradecido."

"Você se importaria de assinar alguns para estoque da loja antes da leitura?" A.J. leva Friedman para os fundos, onde lhe fornece uma caixa de livros e uma caneta. O escritor está prestes a assinar seu nome na capa do livro quando A.J. o interrompe. "Geralmente os autores assinam no frontispício, se não se importa."

"Desculpa, sou novo nisso."

"Sem problema", diz A.J.

"Você poderia me dizer como será meu espetáculo?"

"Certo. Vou falar um pouco sobre você e então pensei que poderia apresentar o livro, dizer o que o inspirou a escrever e tal, então poderia ler algumas páginas e talvez responder a algumas perguntas da plateia, se der tempo. E também vamos ter um concurso de chapéus em homenagem ao livro, e ficaríamos honrados se escolhesse o vencedor."

"Fantástico", diz Friedman. "Friedman, F-R-I-E-D-M-A-N", ele fala enquanto assina. "É fácil esquecer o I."

"É?", pergunta A.J.

"Não deveriam ser dois ês, hein?"

Autores são excêntricos, então A.J. deixa quieto. "Você parece gostar de criança."

"É... Eu costumo ser o Papai Noel numa loja."

"Sério? Que estranho."

"Acho que tenho jeito pra coisa."

"Digo..." A.J. faz uma pausa, tentando decidir se o que está prestes a dizer vai ofender Friedman. "Porque você é judeu."

"É isso aí."

"É parte importante do livro. Judeu não praticante. É assim que se fala?"

"Pode falar do jeito que quiser", diz Friedman. "E aí, tem alguma coisa mais forte que vinho?"

Quando a leitura começa, Friedman já tinha bebido um pouco, e A.J. assume que esse é o motivo pelo qual se atrapalha com os nomes compridos e com os termos estrangeiros: Chappaqua, *après moi le déluge*, Hadassah, *L'chaim*, challah, e por aí afora. Alguns autores não se sentem à vontade em leituras. Durante as perguntas, dá respostas curtas.

P: Como foi quando sua esposa morreu?

R: Triste. Triste pra caramba.

P: Qual é o seu livro favorito?

R: A Bíblia. Ou *A Última grande lição*. Mas provavelmente a Bíblia mesmo.

P: Parece mais novo que na foto.

R: Ora, obrigado!

P: Como foi trabalhar num jornal?

R: Minhas mãos estavam sempre sujas.

Ele fica mais à vontade ao escolher o melhor chapéu e autografando os livros. A.J. conseguiu um público respeitável, e a fila vai até a porta. "Devia ter montado um curral, como na loja", sugere Friedman.

"Currais não costumam ser necessários nesse tipo de negócio", diz A.J.

Amelia e sua mãe são as últimas a pegar autógrafo.

"É muito bom conhecer você", diz Amelia. "Eu provavelmente não teria ficado com meu namorado se não fosse o seu livro."

A.J. sente o anel de noivado no bolso. É agora? Não, telão demais.

"Me dê um abraço", diz Friedman para Amelia. Ela se debruça sobre a mesa, e A.J. imagina ter visto o velho olhando para dentro da blusa dela.

"Esse é o poder da ficção", diz Friedman.

Amelia o estuda. "Suponho que sim." Ela pausa. "Só que não é ficção, né? Aconteceu mesmo."

"Sim, querida, claro."

A.J. interrompe: "Talvez ele queira dizer que *esse* é o poder da narrativa".

A mãe da Amelia, que tem o tamanho de um gafanhoto e a personalidade de um louva-a-deus, diz: "Talvez ele queira dizer que um relacionamento baseado no amor por um livro não é um relacionamento de verdade". A mãe da Amelia, nesse momento, oferece a mão para o sr. Friedman. "Margaret Loman. Meu esposo faleceu há dois anos. Amelia, minha filha, me fez ler o livro no meu Clube do Livro das Viúvas de Charleston. Todo mundo achou maravilhoso."

"Oh, que ótimo. Que..." Friedman sorri para a sra. Loman. "Que..."

"Sim?", a sra. Loman incentiva.

Friedman pigarreia, depois seca o suor da sobrancelha e do nariz. Ruborizado, parece ainda mais com o Papai Noel. Abre a boca, como se para falar, e então vomita em cima da pilha de livros assinados para estoque e do sapato bege Ferragamo da mãe da Amelia. "Acho que bebi demais", diz Friedman, e arrota.

"Obviamente", diz a sra. Loman.

"Mãe, o apartamento do A.J. é aqui em cima." Amelia aponta para a escada.

"Ele mora na sobreloja?", a sra. Loman pergunta. "Você nunca mencionou essa informação tão..." Nesse instante, a sra. Loman escorrega na poça de vômito que se espalha com rapidez. Apruma-se, mas seu chapéu, que tinha recebido menção honrosa, é uma causa perdida.

Friedman vira-se para A.J. "Peço desculpas, senhor. Parece que bebi demais. Um cigarro e um pouco de ar fresco às vezes ajeitam meu estômago. Se alguém puder me guiar até lá fora..." A.J. leva Friedman pelos fundos.

"O que aconteceu?", Maya pergunta. Assim que o evento do Friedman demonstrou não ser do seu interesse, ela voltou sua atenção para *O ladrão de raios*. Ela vai até a mesa e, ao ver o vômito, também vomita.

Amelia corre até ela. "Está tudo bem?"

"Eu não esperava ver isso aqui."

Enquanto isso, no beco ao lado da loja, Leon Friedman vomita outra vez.

"Acha que pode ser intoxicação alimentar?", A.J. pergunta.

Friedman não responde.

"Talvez seja a viagem de balsa. Ou a ansiedade? O calor?" A.J. não sabe por que precisa falar tanto. "Sr. Friedman, quer comer alguma coisa?"

"Tem um isqueiro?", Friedman pergunta com a voz rouca. "Deixei o meu na mala, lá dentro."

A.J. volta correndo para a loja. Não encontra a mala do Friedman. "PRECISO DE UM ISQUEIRO!", ele berra. Raramente levanta a voz. "Sério, alguém aqui pode me arrumar um isqueiro?"

Mas todo mundo já foi embora, exceto um balconista, que está ocupado com o caixa, e dois retardatários do evento. Uma mulher de mais ou menos a mesma idade de Amelia, bem-vestida, abre a enorme bolsa de couro. "Acho que tenho um."

A.J. fica ali parado, fumegando, enquanto a mulher procura pela bolsa, que mais parece uma mala. Ele pensa que é por isso que não deviam deixar autores entrar em livrarias. A mulher termina a busca de mãos abanando. "Desculpa. Parei de fumar depois que meu pai morreu de enfisema, mas achei que ainda poderia ter um isqueiro."

"Não, tudo bem. Tenho um lá em cima."

"Qual é o problema com o escritor?", a mulher pergunta.

"O de sempre", A.J. responde indo na direção da escada.

Em seu apartamento, encontra Maya sozinha. Olhos úmidos. "Vomitei, papai."

"Pobrezinha." A.J. localiza o isqueiro em uma gaveta. Bate a gaveta pra fechar. "Cadê a Amelia?"

"Vai pedir a mão dela?"

"Não, querida. Não agora. Preciso entregar um isqueiro para um alcoólatra."

Ela considera a informação. "Posso ir junto?"

A.J. coloca o isqueiro no bolso e, por conveniência, pega Maya no colo, apesar de ela estar grande demais para ser carregada.

Descem a escada e atravessam a loja até chegar lá fora, onde A.J. tinha deixado Friedman. A cabeça do homem está envolta por fumaça. O cachimbo, que pende langorosamente de seus dedos, emite um curioso borbulhar.

"Não achei sua mala", diz A.J.

"Estava comigo esse tempo todo", explica Friedman.

"Que tipo de cachimbo é esse?", pergunta Maya. "Nunca vi um assim."

O primeiro impulso de A.J. é tampar os olhos da filha, mas depois ri. O Friedman tinha viajado de avião com essa parafernália de drogas? Vira para a menina: "Maya, lembra quando lemos *Alice no país das maravilhas*, ano passado?"

"Cadê o Friedman?", Amelia pergunta.

"Desmaiado no banco de trás da caminhonete da Ismay", A.J. responde.

"Coitada da Ismay."

"Está acostumada. Acompanhou o Daniel Parish nesse tipo de evento por anos." A.J. faz uma careta. "Acho que o certo é eu ir junto." O plano tinha sido Ismay levar Friedman até a balsa e depois até o aeroporto, mas A.J. não pode fazer isso com a cunhada.

Amelia o beija. "Homem bom. Cuido da Maya e limpo aqui."

"Obrigado. Mas que droga. Sua última noite na cidade."

"Bem", ela diz, "pelo menos foi memorável. Obrigada por trazer o Leon Friedman, mesmo ele sendo um pouco diferente do que eu imaginava."

"Só um pouco." Ele beija Amelia, depois franze a testa. "Achei que ia ser bem mais romântico."

"Foi muito romântico. O que pode ser mais romântico que um velho bêbado e tarado espiando meu decote?"

"Ele é mais do que um bêbado..." A.J. faz o gesto universal do baseado.

"Talvez ele esteja com câncer ou coisa do tipo."

"Talvez..."

"Pelo menos ele esperou até o fim do evento", ela diz.

"E eu, por minha vez, acho que ele não deveria ter esperado."

Ismay buzina.

"É pra mim", diz A.J. "Tem mesmo que passar a noite no hotel com sua mãe?"

“Não tenho. Sou uma mulher adulta. Mas é que a gente sai cedo amanhã.”

“Acho que não causei boa impressão”, diz A.J.

“Ninguém causa”, ela diz. “Não se preocupe.”

“Bom, espere por mim, se der.” Ismay buzina outra vez, e A.J. corre para o carro.

Amelia começa a limpar a livraria. Primeiro, pelo vômito, e pede para Maya recolher os detritos menos questionáveis, como pétalas e copos. Na última fileira, senta a mulher que não tinha isqueiro. Ela usa um fedora verde e molenga e um maxivestido de seda. Suas roupas parecem de brechó, mas Amelia percebe que são caras. “Veio para a leitura?”

“Sim”, responde a mulher.

“Gostou?”

“Ele era bem animado.”

“Sim, isso é verdade.” Amelia espreme uma esponja em um balde. “Não era bem o que eu esperava.”

“O que você esperava?”, a mulher pergunta.

“Alguém mais intelectual, acho. Ele foi meio esnobe. Talvez não seja a palavra certa. Alguém mais sábio, talvez.”

A mulher assente. “Entendo.”

“Minhas expectativas deviam ser altas demais. Eu trabalho na editora dele. É o meu favorito, aliás.”

“Por que é o seu favorito?”

“Eu...” Amelia olha a mulher. Ela tem olhos gentis. Amelia muitas vezes foi enganada por olhos gentis. “Meu pai tinha falecido, pouco antes, e acho que algo na voz do autor me lembrou dele. E, também, há tantas verdades nesse livro.” Amelia começa a varrer o chão.

“Estou atrapalhando?”, a mulher pergunta.

“Não, pode ficar aí.”

“Me sinto mal de ficar só olhando.”

“Eu gosto de varrer, e você está muito chique para ajudar.” Amelia varre com movimentos longos e rítmicos.

“Eles fazem a editora limpar depois de leituras?”

Amelia ri. “Não. Também sou a namorada do dono da livraria. Estou ajudando hoje.”

A mulher assente. "Ele deve ser um grande fã do livro para trazer o Leon Friedman aqui depois de todos esses anos."

"Sim." Amelia sussurra: "A verdade é que foi por minha causa. Foi o primeiro livro que amamos juntos."

"Que bonitinho. É como o primeiro restaurante ou a primeira música que dançam juntos ou algo assim."

"Exatamente."

"Talvez ele esteja planejando pedir você em casamento."

"Pensei nisso."

Amelia esvazia a pá na lixeira.

"Por que acha que o livro não vendeu?", a mulher pergunta depois de um tempinho.

"O *Desabrochar tardio?* Bem... o mercado é competitivo. E mesmo quando um livro é muito bom, às vezes não dá certo."

"Deve ser dureza", a mulher diz.

"Está escrevendo um livro ou coisa do tipo?"

"Já tentei escrever."

Amelia para e olha a mulher. Tem o cabelo longo e castanho, bem-cortado e superliso. A bolsa deve custar o mesmo que o carro de Amelia. Estende a mão para se apresentar. "Amelia Loman."

"Leonora Ferris."

"Leonora. Como Leon", Maya se mete. Tomou milk-shake e está recuperada. "Sou Maya Fikry."

"É daqui de Alice?", Amelia pergunta a Leonora.

"Não, vim passar o dia. Para o evento com o autor."

Leonora fica de pé, e Amelia dobra sua cadeira e a encosta na parede.

"Deve ser uma grande fã do livro também", Amelia diz. "Como eu disse antes, meu namorado mora aqui, e eu sei, por experiência, que Alice não é o lugar mais fácil do mundo de se chegar."

"Não, não é", Lenora diz ao pegar a bolsa.

De repente, Amelia tem uma ideia. Vira e fala: "'Ninguém viaja sem propósito. Aqueles que estão perdidos querem estar perdidos'".

"Está citando *Desabrochar tardio*", Leonora fala depois de uma longa pausa. "É mesmo o seu preferido."

"É", diz Amelia. "'Quando eu era jovem, nunca me sentia jovem'. Algo assim. Lembra o resto?"

"Não."

"Autores nunca se lembram de tudo que escrevem. Nem têm como."

"Prazer em conhecê-la." Leonora se dirige para a porta.

Amelia coloca a mão no ombro da mulher.

"Você é ele, não é?", pergunta Amelia. "Você é Leon Friedman."

Leonora balança a cabeça. "Não exatamente."

"Como assim?"

"Muito tempo atrás, uma garota escreveu um romance e tentou vendê-lo, mas ninguém queria. Era sobre um velho que perdeu a esposa, e não havia seres sobrenaturais ou algum alto conceito, e então ela pensou que seria mais fácil renomear e chamar de memórias."

"Você... Você... mentiu", Amelia gagueja.

"Não, não menti. Todas as coisas nele são verdade em nível emocional, mesmo que não literalmente verdades."

"E quem era aquele homem?"

"Contratei uma agência de casting. Ele geralmente faz o Papai Noel."

Amelia balança a cabeça. "Não entendo. Por que fazer o evento? Por que se dar ao trabalho? Por que arriscar?"

"O livro já tinha sido um fracasso. E às vezes quer apenas saber... ver que seu trabalho significou algo para alguém."

Amelia olha para Leonora. "Me sinto um pouco enganada", diz, por fim. "Você é uma ótima escritora, sabia?"

"Na verdade, eu sei."

Leonora Ferris desaparece rua abaixo e Amelia volta para a loja.

Maya comenta: "Foi um dia muito estranho".

"Concordo."

"Quem era aquela mulher, Amy?", Maya pergunta.

"Longa história."

Maya faz uma careta.

"É uma parente distante do sr. Friedman", Amelia fala.

Amelia coloca Maya na cama e se serve de um drinque e se questiona se deve ou não contar a A.J. sobre Leonora Ferris. Não quer deixá-lo traumatizado com eventos. Também não quer parecer uma boba ou se comprometer profissionalmente: vendeu um livro a ele que se revelou uma fraude. E talvez Leonora Ferris tenha razão. Talvez não importa se o livro é, estritamente falando, verdadeiro. Recorda um curso no começo da faculdade, sobre teoria literária. *O que é verdade?*, o cara que lecionava perguntou. *Memórias não são construções também?* Ela sempre dormia nessas aulas, o que era embaraçoso porque apenas nove pessoas estavam matriculadas. Todos esses anos depois, e Amelia descobre que consegue cochilar só de pensar.

A.J. chega pouco depois das dez. "Como foi a viagem?", Amelia pergunta.

"A melhor coisa é que o cara foi desmaiado a maior parte do caminho. Passei os últimos vinte minutos limpando o carro da Ismay."

"Bem, eu certamente estou ansiosa pelo próximo evento com autor, sr. Fikry", Amelia fala.

"Foi tão ruim assim?"

"Não. Na verdade, acho que todo mundo se divertiu muito. E a loja vendeu bem." Amelia fica de pé para ir embora. Se não for agora, não vai resistir e contar sobre Leonora Ferris. "Tenho que voltar pro hotel. Vamos sair muito cedo amanhã."

"Não, espera. Fica um pouquinho." A.J. sente a caixinha no bolso. Não quer que o verão termine sem fazer o pedido, não importa o que aconteça. Está prestes a perder a deixa. Pega a caixa do bolso e joga na direção dela. "Pensa rápido."

"Quê?", ela fala ao se virar. A caixinha a atinge no meio da testa. "Ai. Que porra é essa, A.J.?"

"Eu tentei impedir você de ir embora. Pensei que ia pegar. Desculpa." Ele vai até ela e beija sua cabeça.

"Você jogou meio alto."

"Você é mais alta do que eu. Às vezes eu estimo muito pra cima."

Ela pega a caixinha do chão e abre.

"É pra você", diz A.J. "É..." Ele se apoia sobre um joelho, segura a mão dela entre as suas e tenta não se sentir um impostor, como um ator numa peça. "Vamos nos casar?", ele diz com uma expressão quase dolorosa. "Sei que estou preso nessa ilha, que sou pobre, pai solteiro e tenho um negócio pouco lucrativo. Eu sei que sua mãe me odeia, e que sou uma porcaria de anfitrião pra eventos com autores."

"Que pedido estranho", ela diz. "Comece com as qualidades, A.J."

"Tudo que posso dizer é... Tudo que posso dizer é que vamos dar um jeito, juro. Quando leio um livro, quero que leia ao mesmo tempo. Quero saber o que Amelia acharia dele. Quero que seja minha. Posso prometer livros e conversas e todo o meu coração, Amy."

Ela sabe que ele diz a verdade. Ele é, pelas razões que colocou, um péssimo partido para ela, ou qualquer outra pessoa, aliás. As viagens serão de matar. Este homem, este A.J., é irritadiço e beligerante. Acha que nunca está errado. Talvez nunca *esteja* errado.

Mas ele já esteve errado. O infalível A.J. não farejou a fraude de Leon Friedman. Não sabe ao certo por que isso importa neste momento, mas importa. Talvez seja prova de uma parte pueril e megalomaníaca dele. Ela inclina a cabeça para o lado. *Vou manter este segredo porque amo você.* Como Leon Friedman (Leonora Ferris?) certa vez escreveu: "Um bom casamento é, no mínimo, metade conspiração".

Ela franze a testa, e A.J. acha que ela vai dizer não. "É difícil achar um homem bom", ela diz, por fim.

"O conto da O'Connor? O do seu livro? É uma coisa bem pesada de mencionar num momento assim."

"Não, quero dizer você. Procuro desde sempre. E só estava a dois trens e um barco de distância."

"Dá pra pular os trens se vier de carro", A.J. fala para ela.

"E o que você entende de carro?"

No outono, logo depois de as folhas amarelarem, Amelia e A.J. se casam.

A mãe do Lambiase, que veio como sua acompanhante, diz para o filho: "Eu gosto de todos os casamentos, mas é mais especial quando são duas pessoas mais velhas". A mãe do Lambiase gostaria de ver seu filho se casando novamente.

"Entendo, mãe. Eles parecem que sabem o que estão fazendo. Ele sabe que ela não é perfeita. Ela sabe que ele com certeza não é perfeito. Não existe perfeição."

Maya foi escolhida como a daminha que carrega as alianças, pois é um serviço com mais responsabilidade do que o da daminha que joga as flores. "Se perder uma flor, arranja outra flor", ela racionaliza. "Se perder o anel, todo mundo fica triste para sempre. A carregadora do anel tem muito mais poder."

"Você tá parecendo o Gollum", comenta A.J.

"Quem é o Gollum?", Maya quer saber.

"Uma coisa bem nerd de que seu pai gosta", diz Amelia.

Antes da cerimônia, Amelia presenteia Maya com uma caixinha de ex-libris que dizem ESTE LIVRO PERTENCE À MAYA TAMERLANE FIKRY. Neste momento de sua vida, Maya gosta de coisas com seu nome.

"Fico feliz que vamos ser parentes", diz Amelia. "Eu gosto muito de você, Maya."

Maya está ocupada em colocar seu primeiro ex-libris no livro que está lendo, *A incrível vida de Otávio Nada*. "Sim. Ah, espera." Tira um vidro de esmalte laranja do bolso. "Pra você."

"Não tenho nenhum laranja", diz Amelia. "Obrigada."

"Eu sei. Por isso que escolhi dessa cor."

Amy vira o vidrinho e lê o fundo: *É difícil achar uma boa (metade da) laranja.*

A.J. tinha sugerido convidar Leon Friedman para o casamento, mas Amelia rejeita a ideia. Ambos concordam em uma passagem de *Desabrochar tardio* para ser lida durante a cerimônia por uma amiga da faculdade de Amelia.

"É o medo secreto de que não é possível sermos amados o que nos isola", diz a passagem, "mas é apenas porque estamos isolados que pensamos não sermos amáveis. Certo dia, não se sabe quando, vai estar dirigindo por uma rua. E certo dia, não se sabe quando, ele, ou ela, aliás, estará lá. Será amado porque, pela primeira vez na vida, realmente não estará solitário. Terá escolhido não estar solitário."

Nenhum dos outros amigos de faculdade da Amelia reconhecem a mulher que está lendo a passagem, mas ninguém acha isso estranho. Vassar é uma faculdade pequena, mas não o tipo de lugar em que todo mundo se conhece, e Amelia sempre teve jeito para fazer amizade com pessoas de diversos círculos sociais.

Moças em seus vestidos de verão
1939 / Irwin Shaw

Homem olha para outra mulher na frente da esposa. A esposa não gosta. Adorável reviravolta; na verdade é mais uma guinada, no fim. Você é uma boa leitora e provavelmente vai prever. (Seria uma reviravolta menos gratificante se a percebesse de antemão? Uma reviravolta previsível é sintoma de má construção? São coisas a se considerar na hora de escrever.)

Não particularmente relacionado à escrita, mas... Um dia pode pensar em se casar. Escolha alguém que só tenha olhos para você.

—A.J.F.

Ismay espera na entrada da casa. As pernas cruzadas de modo que um pé fique entrelaçado na panturrilha da outra perna. Certa vez, viu uma âncora de telejornal sentar-se desse jeito e isso a impressionou. Uma mulher precisa de pernas magras e joelhos flexíveis para conseguir. Pensa se o vestido que escolheu é leve demais. É de seda, e o verão já acabou.

Olha o telefone. Onze da manhã, o que significa que a cerimônia já deve ter começado. Talvez devesse ir sem ele.

Como já está atrasada, decide que não há motivo para ir sozinha. Se esperar, pode brigar com ele quando chegar. Encontra prazer onde pode.

Daniel passa pela porta às 11h26. "Desculpa. Uns jovens do curso queriam sair prum drinque. Uma coisa levou à outra, sabe como é."

"Sim", ela diz. Não tem mais vontade de brigar. O silêncio é melhor.

"Dormi no escritório. Minhas costas estão me matando." Ele a beija na bochecha. "Está linda." Assovia. "Ainda tem pernas ótimas, Izzie."

"Vai se trocar", ela diz. "Tá com cheiro de bebida. Veio dirigindo?"

"Não tô bêbado. Só de ressaca. É diferente, Ismay."

"É incrível você ainda estar vivo."

"Provavelmente", ele diz ao subir a escada.

"Você me traz uma echarpe quando descer?", ela pede, mas não sabe se ele ouviu.

O casamento é como todos os casamentos são e todos os casamentos serão, pensa Ismay. A.J. está mal-ajambrado em seu terno azul de linho. Não poderia ter alugado um smoking? É Alice Island, não Jersey Shore. E onde a Amelia arrumou esse vestido de feira medieval horroroso? Amarelado. Parece uma *riponga*. Ela tá sempre com roupas de brechó e não tem um corpo bom pra elas. Quem pensa que está enganando com essa gérbera no cabelo — não tem mais vinte anos, pelo amor de Deus. Quando sorri, só aparece a gengiva. Quando ela se tornou tão negativa? A felicidade deles não é a infelicidade dela. A não ser que seja. E se só houver uma proporção igual de felicidade e infelicidade no mundo? Deveria ser mais simpática. É verdade que o ódio aparece no rosto quando se chega aos quarenta. Além disso, a Amelia é atraente, embora não seja bonita como a Nic. Olha como a Maya está sorrindo. Perdeu outro dente. E o A.J. está tão feliz. Olha só esse sortudo filho da mãe tentando não chorar.

Ismay *está* feliz por A.J., o que quer que isso signifique, mas o casamento em si é uma provação. O evento faz a irmã mais nova parecer ainda mais morta e também faz refletir, o que não quer fazer, sobre suas diversas decepções. Ela tem quarenta e quatro anos. É casada com um homem bonito demais, que ela deixou de amar. Sofreu sete abortos nos últimos doze anos. Está, de acordo com o ginecologista, em perimenopausa. *Já era.*

Olha para Maya. Que menina linda, e esperta também. Ismay abana a mão para ela, mas Maya está com a cabeça enfiada num livro e não percebe. A menininha nunca se afeiçoou a Ismay, o que todo mundo acha estranho. Em geral, Maya prefere a companhia de adultos, e Ismay tem reputação de lidar bem com crianças, depois de ter lecionado para elas por vinte anos. *Vinte anos. Jesus.* Sem notar, passou da nova e entusiasmada professora, cujas pernas todos os garotos olhavam, para a velha sra. Parish, que cuida da peça teatral. Pensam que é bobagem como ela se importa com essas produções. Claro, superestimam sua dedicação. Quantos anos mais ela encenará uma produção medíocre atrás da outra? Rostos diferentes, mas nenhum acaba sendo o de uma nova Meryl Streep.

Ismay coloca a echarpe sobre os ombros e decide dar uma volta. Segue na direção do píer, onde tira o sapato de saltinho e anda pela praia vazia. Fim de setembro, ar de outono. Tenta se lembrar do nome do livro em que a mulher nada no mar e se mata.

Seria tão fácil, pensa. Anda. Nada um pouco. Nada longe demais. Não tenta voltar. Seus pulmões se enchem. Dói um pouco, mas logo acaba. Nada mais dói, e sua consciência está limpa. Não deixa uma bagunça. Talvez seu corpo reapareça. Talvez não. Daniel nem procuraria. Talvez procurasse, mas não muito.

Claro! O livro é *O despertar*, da Kate Chopin. Como amou esse romance (novela?) aos dezessete.

A mãe da Maya tinha se suicidado da mesma maneira, e Ismay pergunta a si mesma, não pela primeira vez, se Marian Wallace teria lido *O despertar*. Pensou muito em Marian Wallace ao longo dos anos.

Ismay entra na água, mais fria do que imaginou. *Eu consigo*, ela pensa. Apenas continue andando.

Pode ser que eu faça isso.

"Ismay!"

Não quer, mas vira. É Lambiase, o chato do policial amigo do A.J. Está carregando os sapatos dela.

"Muito frio pra nadar?"

"Um pouco", ela responde. "Vim aqui espairecer a mente."

Lambiase anda até ela. "Claro."

Ismay está batendo os dentes, e Lambiase tira o paletó e coloca sobre seus ombros. "Deve ser difícil", ele diz, "ver A.J. casar com outra que não sua irmã".

"Sim. Mas a Amelia é adorável." Ismay começa a chorar, mas o sol praticamente já se pôs, e não sabe se Lambiase percebe.

"O negócio de casamento é que faz uma pessoa se sentir sozinha pra caramba."

"É."

"Espero que não esteja sendo mal-educado, e sei que a gente não se conhece bem, mas, bom, seu marido é um idiota. Se eu tivesse uma mulher bonita e trabalhadora como você..."

"Está sendo mal-educado."

"Desculpa, não tenho modos."

Ismay assente. "Não diria que não tem modos. Me emprestou seu paletó. Obrigada."

"O outono chega rápido em Alice. Vamos voltar pra dentro."

Daniel está no bar flertando com a dama de honra da Amelia, bem abaixo da baleia do Pequod's, que foi envolta em luzinhas de Natal para a ocasião. Janine, uma loira de Hitchcock com óculos, subiu os patamares do mercado editorial junto com Amelia. Daniel não sabe, mas ela está encarregada de manter o grande escritor na linha.

Janine está usando um vestido xadrez amarelo que Amelia escolheu e comprou. "Sei que nunca mais vai usar", disse Amelia.

"É uma cor difícil", diz Daniel. "Mas fica ótima em você. Janine, certo?"

Ela faz que sim.

"Janine, a madrinha. Posso perguntar com que trabalha? Ou é papo chato de festa?"

"Sou editora", ela responde.

"Sexy e inteligente. Quais são seus livros?"

"Bom, eu editei um livro ilustrado sobre Harriet Tubman que ganhou menção no Caldecott faz uns dois anos."

"Impressionante", diz Daniel, embora, na verdade, esteja decepcionado. Está caçando uma nova casa editorial. As vendas não são mais as mesmas, e ele acredita que o pessoal da antiga editora não esteja se esforçando. Gostaria de sair antes que eles o dispensassem. "É o maior prêmio, certo?"

"Não ganhou, foi menção honrosa."

"Aposto que é uma ótima editora", ele diz.

"Diz isso baseado em quê?"

"Bom, não deixou eu achar que seu livro ganhou."

Janine olha o relógio.

"Janine olha o relógio", diz Daniel. "Ela está entediada com o escritor."

Janine sorri. "Corte a segunda frase. O leitor vai saber. Mostre, não conte."

"Se o papo for por aí, preciso de mais bebida." Daniel faz um sinal para o *bartender*. "Vodca. Grey Goose, se tiver. E um pouco de água com gás." Vira-se para Janine. "E você?"

"Uma taça de vinho branco."

"'Mostre, não conte' é uma bobagem, Janine, a madrinha", ele discursa. "Vem dos manuais de roteiro do Syd Field, mas não tem nada a ver com romance. Romance é tudo contar. Os melhores, pelo menos. Romances não são cópias de roteiros."

"Eu li seu livro no ginásio", diz Janine.

"Ah, não me fala isso. Fico me sentindo caquético."

"Era o preferido da minha mãe."

Ele faz uma mímica como se estivesse levando um tiro no coração. Ismay dá um tapinha em seu ombro. "Vou pra casa", ela sussurra em seu ouvido.

Daniel a segue até o carro. "Ismay, espera."

Ismay dirige porque Daniel está bêbado demais. Eles moram no Cliffs, a região mais cara de Alice Island. Todas as casas têm vista, e a estrada que leva até lá é uma subida cheia de curvas, com muitos pontos cegos, mal-iluminada e emoldurada por placas amarelas implorando cuidado.

"Você virou meio rápido, querida", diz Daniel.

Pensa em dirigir para além da estrada e cair no oceano, e o pensamento a deixa feliz, mais feliz do que se apenas matasse a si mesma. Percebe neste instante que não quer morrer. Quer que Daniel morra. Ou apenas não esteja mais lá. Sim, suma. Fica satisfeita com isso.

"Eu não amo mais você."

"Ismay, que absurdo. Você sempre fica assim em casamentos."

"Você não é um homem bom", ela diz.

"Sou complexo. E talvez não seja bom, mas com certeza não sou o pior. Não é motivo para acabar com um casamento perfeitamente normal, Ismay", diz Daniel.

"Você é a cigarra, eu sou a formiga. E estou cansada de ser a formiga, Daniel."

"Que referência infantil, Ismay. Sei que consegue algo melhor."

Ismay para o carro na beira da estrada. Suas mãos tremem.

"Você é ruim. E o pior é que me tornou ruim."

"Não sei do que tá falando." Um carro passa ao lado, perto o suficiente para chacoalhar a caminhonete. "Ismay, não dá pra ficar parado aqui, é loucura. Se quer discutir, vamos pra casa fazer direito."

"Sempre que eu vejo a menina com o A.J. e a Amelia fico doente. Era pra ser nossa."

"Quê?"

"Maya", diz Ismay. "Se você tivesse feito a coisa certa, ela seria nossa. Mas você... você nunca faz nada difícil. E eu deixei você ser assim."

Ela olha firmemente para Daniel. "Eu sei que a Marian Wallace era sua namorada."

"Isso não é verdade."

"Não mente! Eu sei que ela veio aqui se matar no seu quintal. Eu sei que ela veio deixar a Maya pra você, mas ou foi preguiçoso ou covarde demais para assumir a menina."

"Se pensou isso, por que não fez nada?"

"Porque não era minha responsabilidade! Eu estava grávida, e não sou eu que tenho que resolver a bagunça dos seus casos!"

Outro carro passa, quase batendo neles.

"Mas se tivesse sido corajoso e falado comigo, eu teria adotado a bebê, Daniel. Eu teria perdoado você e pegado a menina. Esperei que dissesse algo, mas nunca disse. Esperei por dias, meses, anos."

"Ismay, pode acreditar no que quiser, mas a Marian Wallace não era minha namorada. Era uma fã que apareceu num evento."

"Você acha que sou idiota?"

Daniel suspira. "Era uma garota que veio num evento, e eu dormi com ela uma vez. Como eu poderia saber se era o pai?" Daniel tenta pegar a mão da esposa, mas ela puxa.

"É engraçado", diz Ismay. "Todo o amor que eu sentia por você sumiu."

"Eu ainda amo você", diz Daniel. De repente, luzes aparecem no retrovisor.

O impacto vem por trás, jogando o carro para o meio da estrada, entre as duas mãos.

"Acho que estou bem", diz Daniel. "Você tá bem?"

"As pernas estão doendo", ela responde. "Acho que quebraram."

Mais luzes, dessa vez do outro lado da estrada. "Ismay, você precisa dirigir." Ele se vira a tempo de ver um caminhão. Uma reviravolta, pensa.

No primeiro capítulo do famoso romance de Daniel, a personagem principal sofre um catastrófico acidente de carro. Daniel teve dificuldades com esse trecho, porque lhe ocorreu que tudo que sabia sobre terríveis acidentes de carro tinha lido em livros e visto em filmes. A descrição pela qual se decidiu, depois de umas cinquenta tentativas, nunca o deixou muito satisfeito. Uma série de fragmentos, ao estilo de poetas modernistas. Apollinaire ou Breton, talvez, mas não tão bom quanto nenhum dos dois.

Luzes, brilhantes o suficiente para dilatar seus olhos.

Buzinas, flácidas e tardias.

Metal retorcendo como tecido.

O corpo não estava mais com dor, mas apenas porque o corpo não estava mais lá.

Sim, Daniel pensa logo depois do impacto e antes da morte, *desse jeito*. A passagem não era tão ruim quanto ele tinha pensado.

PARTE II

Conversa com meu pai
1972 / Grace Paley

Pai moribundo discute com a filha sobre qual é o "melhor" jeito de contar uma história. Você vai amar, Maya, tenho certeza. Talvez eu desça agora e enfie este conto em sua mão.

—A.J.F.

A TAREFA DO CURSO DE ESCRITA CRIATIVA DA MAYA é contar uma história sobre alguém que gostaria de conhecer melhor. "Meu pai biológico é um fantasma para mim", ela escreve. Pensa que a primeira frase está boa, mas para onde ir a partir disso? Depois de 250 palavras e uma manhã inteira desperdiçada, ela aceita a derrota. Não há história porque não sabe nada sobre o homem. Ele é mesmo um fantasma para ela. A falha estava na concepção.

A.J. faz um queijo quente para ela. "Como está se saindo, Hemingway?"

"Você não bate, não?", ela pergunta. Pega o sanduíche e bate a porta. Ela costumava amar morar na sobreloja, mas agora tem catorze anos, e Amelia mora lá também, e o apartamento está pequeno demais. E barulhento. Dá pra ouvir os clientes embaixo o dia todo. Como uma pessoa pode escrever sob essas condições?

Desesperada, Maya escreve sobre o gato de Amelia.

Puddleglum nunca imaginou que se mudaria de Providence para Alice Island.

Ela revisa: *Puddleglum nunca imaginou que moraria em uma livraria.*

"Artifício", decide. É o que o sr. Balboni, o professor de escrita criativa, vai falar. Ela já escreveu uma história sob o ponto de vista da chuva e o de um livro muito antigo em uma biblioteca. "Conceitos interessantes", escrevera o professor sobre a história do livro, "mas deve tentar escrever sobre um personagem humano na próxima vez. Quer mesmo que antropomorfização se torne sua marca registrada?"

Ela teve que procurar "antropomorfização" no dicionário antes de decidir que não queria que fosse sua marca registrada. Ela não precisa ter uma *marca*. E, no entanto, é sua culpa se isso meio que for sua marca? Passou a infância lendo livros e imaginando vidas para os clientes e às vezes para objetos inanimados, como uma chaleira ou o suporte de marca-páginas. Não tinha sido uma infância solitária, embora muitos de seus amigos tenham sido menos que reais.

Um pouco mais tarde, Amelia bate na porta. "Está ocupada? Pode fazer uma pausa?"

"Entra."

Amelia se joga na cama. "No que está trabalhando?"

"Não sei. Esse é o problema. Pensei que sabia, mas não deu certo."

"Ah, isso é um problema."

Maya explica a tarefa. "Tem que ser sobre alguém importante pra você. Alguém que morreu, talvez, ou alguém que gostaria de conhecer melhor."

"Que tal escrever sobre sua mãe?"

Maya balança a cabeça. Não quer ferir os sentimentos de Amelia, mas isso é óbvio demais. "Conheço tanto dela quanto do meu pai biológico."

"Você viveu com ela por dois anos. Sabe seu nome e um pouco da história de vida dela. Pode ser um ponto de partida."

"Sei tudo que quero saber sobre ela. Ela teve sua oportunidade. Estragou tudo."

"Isso não é verdade", diz Amelia.

"Ela desistiu, não?"

"Ela provavelmente tinha seus motivos. Provavelmente fez o seu melhor." A mãe da Amelia tinha morrido havia dois anos, e embora o relacionamento entre elas tivesse tido seus momentos difíceis, sentia saudade com uma ferocidade inesperada. Por exemplo, até sua morte, a mãe lhe enviava calcinhas novas por correio todos os meses. Amelia nunca precisou comprar roupas de baixo. Recentemente, deparou-se na seção de lingeries, fuçando na gôndola de calcinhas, e começou a chorar: *Ninguém nunca mais vai me amar tanto.*

"Alguém que morreu?", A.J. comenta durante o jantar. "Que tal o Daniel Parish? Vocês eram amigos."

"Eu era criança", diz Maya.

"Não foi por causa dele que decidiu ser escritora?", pergunta A.J.

Maya revira os olhos. "Não."

"Ela tinha uma paixonite por ele quando era mais nova", A.J. fala para Amelia.

"Pa-ai! Não é verdade."

"Sua primeira paixão literária é importante", comenta Amelia. "A minha foi John Irving."

"Que mentira", diz A.J. "Foi Ann M. Martin."

Rindo, Amelia se serve de outra taça de vinho. "É, deve ter sido mesmo."

"Que bom que estão achando tudo muito engraçado", diz Maya. "Provavelmente vou reprovar e aí acabar que nem a minha mãe." Ela se levanta da mesa e corre para o quarto. O apartamento não foi projetado para saídas dramáticas, e ela bate o joelho numa prateleira de livros. "Essa casa é minúscula." Vai até seu quarto e bate a porta.

"Devo ir atrás dela?", A.J. sussurra.

"Não. Ela precisa de espaço. É uma adolescente. Precisa ficar emburrada um tempo."

"Talvez ela tenha razão", diz A.J. "Essa casa é minúscula."

Desde que se casaram, vinham pesquisando casas pela internet. Agora que Maya é adolescente, o apartamento no sótão com um banheiro encolheu exponencialmente, de forma mágica. Na maior parte das vezes, A.J. se pega usando o banheiro público da loja para evitar competir com Maya e Amelia. Os clientes são mais civilizados do que essas duas. Além disso, os negócios andam bem (ou ao menos estáveis), e se eles se mudarem, pode usar o apartamento para expandir a seção infantil com uma área de contação de histórias, ou talvez de presentes e cartões.

Dentro do orçamento deles, todas as casas disponíveis em Alice Island são para quem está começando a vida, embora A.J. ache que já passou da idade. Cozinhas esquisitas e plantas bizarras, quartos pequenos demais, referências nefastas a problemas na fundação. Até a caça a um lar ter começado, A.J. podia contar nos dedos de uma mão o número de vezes em que pensara no *Tamerlane* com pesar.

Mais tarde, na mesma noite, Maya encontra um pedaço de papel debaixo da porta:

Maya,

Se está sem inspiração, ler ajuda:

"Beldades", de Anton Tchekhov, "A casa de bonecas", de Katherine Mansfield, "Um dia ideal para os peixes-banana", de J. D. Salinger, "Brownies" ou "Bebendo café em outro lugar", de ZZ Packer, "No cemitério onde Al Jonson foi enterrado", de Amy Hempel, "Gordo", de Raymond Carver, "Acampamento de índios", de Ernest Hemingway.

Acho que temos todos lá embaixo. Se não conseguir achar algum, me peça, mas você sabe melhor do que eu onde fica tudo.

Com amor,

Papai

Ela enfia a lista no bolso e desce; a loja já está fechada. Gira o mostruário de marca-página — *Ora, olá olá, mostruário!* — e faz uma curva brusca na seção de ficção adulta.

Maya está nervosa e um pouco ansiosa ao entregar o conto para o sr. Balboni.

"'Uma viagem para a praia'", ele lê o título.

"É do ponto de vista da areia", explica Maya. "É inverno em Alice, e a areia sente falta dos turistas."

O sr. Balboni fica inquieto, e as calças justas de couro preto que ele sempre usa emitem um chiado. Ele os encoraja a enfatizar o positivo ao mesmo tempo que leem com crítica e opinião. "Bem, parece que terá descrição evocativa."

"Brincadeira, sr. Balboni. Estou tentando me afastar da antropomorfização."

"Estou ansioso para ler", diz o professor.

Na semana seguinte, o sr. Balboni anuncia que vai ler uma história para a classe, e todos endireitam as costas. É emocionante ser escolhido, embora signifique ser criticado. É emocionante ser criticado.

"O que achamos?", ele pergunta à classe depois de terminar a leitura.

"Bom", começa Sarah Pipp, "sem querer ofender, mas o diálogo é meio ruim. Tipo, entendo a intenção, mas por que não usou mais contrações?" Sarah Pipp faz resenhas de livros em seu blog, *Terra dos unicórnios*. Ela está sempre se gabando dos livros que recebe das editoras. "E por que na terceira pessoa? Por que no presente? A escrita fica meio infantilizada."

Billy Lieberman, que escreve sobre heróis injustiçados que superam obstáculos sobrenaturais e parentais, diz: "Eu nem entendi o que aconteceu no fim. É confuso".

"Acho que é ambíguo", diz o professor. "Lembram semana passada que conversamos sobre ambiguidade?"

Maggie Markakis, que está cursando essa eletiva apenas por conta de um conflito de horários envolvendo matemática e debate, diz que gostou, embora tenha notado discrepâncias nos elementos financeiros da história.

Abner Shochet faz objeções em múltiplas frentes: não gosta de histórias com personagens mentirosos ("Já estou por aqui de narradores infiéis" — o conceito havia sido introduzido havia duas semanas), e, pior ainda, acha que nada acontece. Isso não fere os sentimentos de Maya porque todas as histórias de Abner terminam com a mesma reviravolta: tudo tinha sido um sonho.

"Gostamos de alguma coisa?", pergunta o professor.

"Da gramática", responde Sarah Pipp.

John Furness diz: "Gostei de como é triste". John tem cílios castanhos e longos e um topete de ídolo pop. Ele escreveu uma história sobre as mãos de sua avó que levou até a durona Sarah Pipp às lágrimas.

"Eu também", concorda o sr. Balboni. "Como leitor, gostei de muitas coisas que criticaram. Gostei do estilo levemente formal e da ambiguidade. Discordo do comentário sobre 'narradores infiéis' — precisamos rever o conceito. Não achei que a questão financeira estava ruim também. Considerando tudo, acho que, junto com a história do John, 'As mãos de minha avó', são as duas melhores deste semestre, e serão as representantes do colégio no concurso de redação da região."

Abner resmunga: “Não falou quem escreveu a outra”.

“Sim, claro. Foi a Maya. Aplausos para John e Maya.”

Maya tenta não parecer contente demais consigo mesma.

“Que demais, né? Que o sr. Balboni escolheu a gente”, John comenta depois da aula. Ele a segue até o armário, embora Maya não entenda o porquê.

“É”, diz Maya. “Gostei do seu conto.” Ela *tinha* gostado do conto, mas queria muito ganhar. O primeiro lugar receberia um vale-compra de cento e cinquenta dólares na Amazon e um troféu.

“O que você vai comprar se ganhar?”, John pergunta.

“Livro, não. Isso eu pego com meu pai.”

“Que sorte”, ele diz. “Eu queria morar numa livraria.”

“Eu moro em cima de uma, não em uma, e não é tão legal.”

“Aposto que é.”

Ele tira o cabelo castanho da frente dos olhos. “Minha mãe perguntou se você quer carona para o evento.”

“Mas a gente acabou de ficar sabendo.”

“Eu conheço a minha mãe. Ela sempre gosta de dar carona. Pergunta pro seu pai.”

“O negócio é que meu pai vai querer ir, mas ele não dirige. Então, provavelmente vai pedir pra minha madrinha ou pro meu padrinho levar a gente. E sua mãe vai querer ir também. Então não sei se faz sentido eu pegar carona com você.” Ela sente como se estivesse falando há meia hora.

Ele sorri, o que faz o topete balançar um pouco. “Sem problema. Você pode pegar carona com a gente pra outro lugar um dia desses.”

O evento acontece em um colégio de Hyannis. Embora seja num ginásio (o odor de bolas das duas variedades ainda é palpável) e a cerimônia não tenha iniciado ainda, todo mundo conversa em sussurros, como na igreja. Algo importante e literário está prestes a acontecer.

Dos quarenta concorrentes de vinte escolas, apenas as três primeiras redações serão lidas em voz alta. Maya praticou a leitura com John

Furness. Ele recomendou que respirasse mais e fosse devagar. Ela vinha praticando respiração e leitura, que não são tão fáceis de coordenar como alguém poderia pensar. Ela o ouvira também. O conselho fora que usasse a voz normal. Ele fez uma voz de apresentador de jornal, falsa. "Você sabe que ama minha voz", ele dissera. Agora só conversa com ela na voz falsa, o tempo todo. É tão irritante.

Maya vê o sr. Balboni conversando com uma pessoa que só pode ser professora de outro colégio. Está usando roupas de professora: um vestido florido e um cardigã bege com flocos de neve bordados. Está assentindo insistentemente ao que o professor diz. Claro, o sr. Balboni veste sua calça de couro e, porque está na rua, a jaqueta de couro também — basicamente, um terno de couro. Maya quer apresentá-lo ao pai, porque quer que A.J. ouça os elogios. O problema é que não quer que A.J. a envergonhe. Tinha apresentado o pai à professora de inglês, a sra. Smythe, na loja, no mês anterior, e A.J. tinha enfiado um livro nas mãos da professora e dissera: "Vai amar esse romance. É um erótico requintado". Maya quis morrer.

A.J. está de gravata, e Maya, de jeans. Tinha colocado o vestido que Amelia escolhera, mas achou que a fazia parecer muito preocupada. Amelia, que estava em Providence essa semana, os encontrará lá, mas provavelmente chegará atrasada. Maya sabe que ela vai ficar triste por causa do vestido.

Alguém bate uma bastão no pódio. A professora do suéter de flocos de neve dá boas-vindas ao Concurso Regional de Contos do Ensino Médio. Elogia todos os concorrentes pela diversidade e emoção. Diz que ama seu trabalho e que gostaria que todos pudessem ganhar. Em seguida, anuncia o primeiro finalista.

Claro, John Furness seria um finalista. Maya encosta na cadeira e ouve. A história é um pouco melhor do que se lembrava. Gosta da comparação das mãos da avó com lenços de papel. Ela olha para A.J. a fim de observar o que ele está achando. Ele está com um olhar distante, o qual Maya identifica como tédio.

A segunda história é de Virginia Kim do colégio Blackheart. "A jornada" é sobre uma criança chinesa adotada. A.J. assente algumas vezes. Nota que ele gostou mais desse do que de "As mãos de minha avó".

Maya está preocupada que não será escolhida. Fica feliz por ter colocado calça jeans. Vira-se para procurar a saída mais fácil. Amelia está de pé na porta do auditório. Faz um sinal de positivo para Maya. "E o vestido?", mexe os lábios para falar.

Maya dá de ombros e se volta para ouvir "A jornada". Virginia Kim está usando um vestido de veludo com colarinho de Peter Pan. Ela lê com uma voz muito suave, pouco mais audível que um sussurro em certos momentos. É como se quisesse que todos se inclinassem para ouvi-la.

Infelizmente, "A jornada" é infinita, cinco vezes mais longa que "As mãos de minha avó", e, depois de um tempo, Maya para de ouvir. Acha que é mais rápido chegar à China.

Se "Uma viagem para a praia" não estiver entre as três melhores, haverá camisetas e cookies na festa. Mas quem quer ficar na festa se nem classificou entre os finalistas?

Se ficar, não vai ficar brava por não ter ganhado.

Se John Furness ganhar, vai tentar não odiá-lo.

Se Maya ganhar, vai doar o vale para a caridade. Tipo, para crianças carentes ou orfanatos.

Se perder, tudo bem. Não escreveu a história para ganhar um prêmio, nem mesmo para cumprir a tarefa. Se fosse pela tarefa, teria escrito sobre Puddleglum. Redação criativa não tem nota, só não passa se não entregar a tarefa.

A terceira história é anunciada, e Maya pega a mão de A.J.

Um dia ideal para os peixes-banana
1948 / J. D. Salinger

Se há um consenso universal sobre a boa qualidade de algo, isso não é motivo suficiente para desgostar. (Nota: Demorei a tarde toda para escrever essa frase. Meu cérebro triturava a expressão "consenso universal".)

"Uma viagem para a praia", sua redação para o concurso, lembrou-me um pouco do conto do Salinger. Digo isso porque acho que deveria ter ganhado o primeiro lugar. A que ganhou, acho que o título era "As mãos de minha avó", era muito mais simples, tanto na forma quanto na narrativa e certamente na emoção, que a sua. Não se preocupe, Maya. Eu, como livreiro, posso garantir que prêmios, apesar de relativamente relevantes para as vendas, raramente importam em termos de qualidade.

—A.J.F.

P.S.: O que eu considero mais promissor em seu conto é que mostra empatia. Por que as pessoas fazem o que fazem? Isso é o selo de boa literatura.

P.P.S.: Se for para criticar algo, acho que deveria ter introduzido o elemento da natação mais cedo.

P.P.S.: Pode deixar a questão do caixa automático mais simples.

UMA VIAGEM PARA A PRAIA

Por Maya Tamerlane Fikry

Professor: Edward Balboni, colégio Alicetown

Primeiro ano do ensino médio

Mary está atrasada. Ela tem um quarto privativo, mas divide o banheiro com seis pessoas, e parece que sempre tem alguém usando. Quando ela volta do banheiro, a babá está sentada na cama. "Mary, estou esperando há cinco minutos."

"Sinto muito", diz Mary. "Eu queria tomar banho, mas estava ocupado."

"Já são onze horas", diz a babá. "Você só me pagou até o meio-dia, e eu tenho compromisso meio-dia e quinze. Então é bom que não se atrase."

Mary agradece a babá. Beija a bebê na cabeça. "Se comporte."

Mary corre pelo campus até o departamento de inglês. Sobe as escadas correndo. O professor já está indo embora quando ela chega. "Mary. Já estava indo embora. Achei que não viria. Por favor, entre."

Mary entra no escritório. O professor pega a tarefa de Mary e a coloca sobre a mesa. "Mary, você costuma só tirar A. E agora está reprovando em todas as matérias."

"Sinto muito", ela diz. "Vou tentar melhorar."

"Tem algo acontecendo em sua vida?", o professor pergunta. "Costumava ser uma de nossas melhores alunas."

"Não", Mary fala e morde o lábio.

"Você tem uma bolsa. Já está enrascada porque suas notas estão ruins há um tempo, e, quando eu disser isso a eles, provavelmente vão cortar sua bolsa ou suspender por um tempo, no mínimo."

"Por favor, não faça isso!", Mary implora. "Não tenho para onde ir. O único dinheiro que tenho é o da bolsa."

"É para o seu próprio bem, Mary. Deveria ir para casa e pensar. O Natal está chegando. Seus pais vão entender."

Mary está quinze minutos atrasada ao voltar ao dormitório. A babá está carrancuda quando Mary chega. "Mary", diz a babá, "está atrasada de novo! Quando atrasa, você me atrasa para os meus compromissos. Sinto muito. Eu gosto muito da bebê, mas acho que não posso mais trabalhar para você".

Mary pega a bebê da babá. "O.k."

"Além disso, você me deve pelas últimas três vezes. São dez dólares por hora, então são trinta dólares."

"Posso pagar na próxima?", Mary pergunta. "Eu ia passar num caixa eletrônico, aquele local em que eu posso sacar dinheiro da conta, mas não tive tempo."

A babá faz uma careta. "Coloque em um envelope com meu nome e deixe no meu quarto. Eu gostaria muito de receber esse dinheiro antes do Natal. Preciso comprar presentes."

Mary concorda.

"Tchau, bebezinho", diz a babá. "Tenha um feliz Natal."

A bebê faz um barulhinho.

"Você tem algum plano especial para o fim de ano?", a babá pergunta.

"Provavelmente vou levá-la para ver minha mãe. Ela mora em Greenwich, Connecticut. Sempre monta uma árvore de Natal enorme e faz um jantar delicioso e compra um monte de presentes para mim e para a Maya."

"Parece muito legal", diz a babá.

Mary coloca a bebê no *sling* e vai até o banco. Ela confere o saldo com o cartão habilitado para o caixa. Ela tem 75,17 dólares na conta. Saca quarenta dólares e depois troca o dinheiro.

Coloca trinta dólares em um envelope com o nome da babá. Ela compra um bilhete para o metrô e vai até a última estação. O bairro não é tão bom quanto o da universidade.

Mary anda pela rua. Chega até uma casa caindo aos pedaços, com uma cerca de metal na frente. Há um cachorro amarrado a um poste no quintal. Ele late para a bebê, que começa a chorar.

"Não se preocupe, bebê", Mary fala. "O cachorro não vai pegar você."

Elas entram na casa. A casa está muito suja e há crianças por toda parte. As crianças estão sujas também. As crianças, de todas as idades, são barulhentas. Algumas estão em cadeiras de rodas ou têm outras deficiências.

"Oi, Mary", diz uma garota deficiente. "O que está fazendo aqui?"

"Vim ver a Mama."

"Ela está lá em cima. Não está se sentindo bem."

"Obrigada."

"Mary, esse nenê é seu?", a garota deficiente pergunta.

"Não", diz Mary e morde o lábio. "Estou só cuidando dela para uma amiga."

"E como está a Harvard?", a garota deficiente pergunta.

"Tudo ótimo", responde Mary.

"Aposto que só tira A."

Mary dá de ombros.

"É tão modesta, Mary. Ainda nada pelo time de natação?"

Mary dá de ombros outra vez. Ela sobe as escadas para ver a Mama.

Mama é uma mulher branca, obesa mórbida. Mary é uma garota negra magrela. Mama não pode ser a mãe biológica de Mary.

"Oi, Mama", diz Mary. "Feliz Natal." Mary beija a mulher gorda na bochecha.

"Oi, Mary. Srta. Ivy League. Não esperava ver você de volta à sua casa adotiva."

"Não."

"O bebê é seu?", a Mama pergunta.

Mary suspira. "Sim."

"Que pena", diz Mama. "Garota esperta como você, estragando a vida. Eu não falei para não fazer sexo? Não falei para sempre usar proteção?"

"Sim, Mama." Mary morde o lábio. "Mama, a bebê e eu podemos ficar com você um pouco? Decidi tirar licença da escola por um tempo, para organizar minha vida. Seria muito útil."

"Ah, Mary. Gostaria de poder ajudar, mas a casa está cheia. Não tenho quarto para vocês. Está velha demais para que eu consiga um cheque do estado de Massachusetts em seu nome."

"Mama, não tenho para onde ir."

"Mary, olha, acho que você deveria falar com o pai da criança."

Mary balança a cabeça. "Eu não conheço o pai direito."

"Então acho que deveria dar a bebê para adoção."

Mary balança a cabeça outra vez. "Não posso fazer isso."

Mary volta para o dormitório. Faz a mala da bebê. Coloca o Elmo de pelúcia na mala. Uma garota que mora no fim do corredor entra no quarto de Mary.

"Ei, Mary, para onde você vai?"

Mary sorri amplamente. "Pensei em fazer uma viagem para a praia. A bebê adora a praia."

"Não está meio frio para a praia?", a garota pergunta.

"Não muito", diz Mary. "A bebê e eu vamos usar nossas roupas mais quentes. Além disso, a praia é muito bonita no inverno."

A garota dá de ombros. "Acho que sim."

"Quando eu era menina, meu pai costumava me levar para a praia sempre."

Mary deixa o envelope no quarto da babá. Na estação de trem, usa o cartão de crédito para comprar passagens de trem e barco para Alice Island.

"Não precisa de passagem para o bebê", a moça do guichê avisa Mary.

"Que bom", diz Mary.

Quando ela chega a Alice Island, a primeira coisa que Mary vê é uma livraria. Entra, para ela e a bebê se aquecerem. Um homem está no balcão. Ele tem um jeito mal-humorado e usa tênis Converse.

Uma música de Natal toca na loja. A canção é "Have Yourself a Merry Little Christmas".

"Essa música me deixa tão triste", diz um cliente. "É a música mais triste que já ouvi. Por que alguém escreveria uma música de Natal tão triste?"

"Estou procurando algo para ler", diz Mary.

O homem fica um pouco menos mal-humorado. "De que tipo de livro gosta?"

"Ah, todos os tipos, mas meu preferido é o tipo no qual um personagem passa por dificuldades, mas as supera no fim. Sei que a vida não é assim. Talvez seja por isso que é meu preferido."

O vendedor diz que tem algo perfeito para ela, mas, quando volta, Mary se foi. "Moça?"

Ele deixa o livro sobre o balcão, caso Mary decida voltar.

Mary está na praia, mas a bebê não está com ela.

Ela nadava pelo time de natação. Era boa o suficiente para ganhar os campeonatos estaduais no ensino médio. Naquele dia, as ondas estão agitadas, e a água está fria, e Mary está desacostumada.

Ela nada para além, além do farol, e não nada de volta.

FIM

"Parabéns", Maya cumprimenta John Furness na festa. Ela segura sua camiseta na mão. Amelia segura o certificado de Maya: terceiro lugar.

John dá de ombros e seu cabelo vai para a frente e para trás. "Achei que você deveria ter ganhado, mas é bem legal que escolheram dois contos do Alicetown como finalistas."

"Talvez o sr. Balboni seja um bom professor.

"Podemos dividir meu vale, se quiser", John diz.

Maya balança a cabeça. Não quer desse jeito.

"O que você compraria?"

"Eu daria para caridade. Para crianças carentes."

"Sério?" Ele faz a voz de apresentador.

"Meu pai não gosta de compras on-line."

"Não está brava comigo, está?"

"Não. Estou feliz por você. Vai, Whales!" Ela dá um soquinho no ombro dele.

"Ai."

"Vejo você por aí. Precisamos pegar a balsa de carros para Alice."

"Nós também", diz John. "Tem tempo ainda pra gente ficar aqui, juntos."

"Meu pai tem que fazer umas coisas na loja."

"Vejo você na escola", ele fala com a voz de apresentador outra vez.

No carro, de volta pra casa, Amelia parabeniza Maya pela colocação e pela história incrível, A.J. não fala nada.

Maya acha que ele deve estar decepcionado com ela, mas logo antes de descerem do carro, ele diz: "Essas coisas nunca são justas. Pessoas gostam do que gostam, e isso é ótimo e péssimo. É tudo relacionado a gosto pessoal e um determinado conjunto de pessoas em determinado dia. Por exemplo, dois dos três finalistas eram mulheres, o que pode ter feito a balança pesar para o homem. Ou talvez a avó de um dos juízes tenha falecido semana passada, o que fez aquela história falar mais alto. Ninguém sabe. Mas o que eu sei é que 'Uma viagem para a praia', de Maya Tamerlane Fikry, foi escrita por um escritor." Ela acha que ele está prestes a abraçá-la, mas em vez disso dá um aperto de mão, o modo como cumprimentaria um colega, ou talvez um escritor, visitando a loja.

Uma frase lhe ocorre: *No dia em que meu pai me deu um aperto de mão, soube que eu era escritora.*

Pouco antes de o ano letivo acabar, A.J. e Amelia fazem uma proposta para comprar uma casa. Fica a mais ou menos dez minutos da loja, para dentro da ilha. Embora tenha quatro quartos, dois banheiros e o silêncio que A.J. acredita necessário para uma jovem escritora trabalhar, a casa não é o sonho de ninguém. O último morador morrera ali — não queria sair, mas também não fez muita manutenção nos últimos cinquenta anos. O teto é baixo; há diferentes eras de papel de parede para ser arrancado; a fundação é precária. A.J. chama de "lar daqui a dez anos", ou seja, "em dez anos, pode se tornar habitável". Amelia chama de "projeto" e começa a trabalhar nele imediatamente. Maya, que acabou de terminar a trilogia *O Senhor dos Anéis*, chama de Bolsão. "Porque parece a casa de um hobbit."

A.J. beija a filha na testa. Está deliciado por ter produzido uma nerd tão fantástica.

O coração delator
1843 / E. A. Poe

Verdade!

Maya, talvez não saiba, mas eu tive uma esposa antes de Amelia e uma profissão antes de me tornar livreiro. Fui casado com uma mulher chamada Nicole Evans. Eu a amava muito. Ela morreu em um acidente de carro, e uma boa parte de mim ficou morta muito tempo depois, provavelmente até eu encontrar você.

Nicole e eu nos conhecemos na faculdade e casamos no verão antes de começar a pós. Ela queria ser poeta, mas no meio tempo estava trabalhando, infeliz, em um Ph.D. sobre poetisas do século vinte (Adrienne Rich, Marianne Moore, Elizabeth Bishop; ela odiava Sylvia Plath.) Eu estava no meio do PhD em literatura americana. Minha dissertação seria sobre descrições de doenças em trabalhos do E. A. Poe, um tema de que nunca gostei muito, mas que tinha se tornado um verdadeiro ódio. Nic sugeriu que havia maneiras melhores e mais felizes de ter uma vida literária. Eu disse: "É, tipo o quê?".

E ela disse: "Livreiros".

"Conte-me mais", eu falei.

"Você sabia que na minha cidade não tem livraria?"

"Sério? Alice parece o tipo de lugar que deveria ter uma."

"Eu sei", ela disse. "Um lugar não é um lugar de verdade sem uma livraria."

E assim largamos a universidade, pegamos a poupança dela, nos mudamos para Alice e abrimos a loja que se tornaria a Island Books.

Preciso falar que não sabíamos em que estávamos nos metendo?

Nos anos após o acidente da Nicole, eu sempre imaginava como seria minha vida se tivesse terminado o Ph.D.

Mas estou divagando.

Este é, possivelmente, o conto mais conhecido de E. A. Poe. Em uma caixa marcada como "recordações", vai encontrar minhas anotações e vinte e cinco páginas de minha dissertação (a maior parte a respeito de "O coração delator"), se algum dia se interessar pelo que seu pai fez em outra vida.

—A.J.F.

"O QUE ME INCOMODA NUMA HISTÓRIA, mais que tudo, são buracos na trama", diz o delegado suplente Doug Lippman enquanto seleciona quatro miniquiches dos aperitivos que Lambiase providenciou. Depois de muitos anos como anfitrião do Clube do Livro: A Escolhida do Delegado, Lambiase sabe que o mais importante, mais do que o título escolhido, são as bebidas e as comidas.

"Suplente", diz Lambiase, "o máximo são três quiches por pessoas, senão vai faltar pro resto".

O suplente devolve um quiche para a bandeja. "Tipo, o.k., que raios aconteceu com o violino? Eu perdi alguma coisa? Um Stradivarius inestimável não desaparece do nada."

"Boa observação", diz Lambiase. "Alguém?"

"Sabe o que eu odeio pra caramba?", Kathy do Homicídios diz. "Eu odeio pra caramba trabalho policial malfeito. Tipo, quando ninguém usa luvas, eu grito: *Para, tá contaminando a cena do crime.*"

"Isso nunca acontece em livros do Deaver", diz Sylvio do Despacho.

"Se todos fossem como o Deaver", comenta Lambiase.

"Mas o que eu odeio mais que trabalho policial ruim é quando tudo é resolvido rápido demais", diz a Kathy do Homicídios. "Até o Deaver faz isso. As coisas demoram. Às vezes anos. Tem que conviver com um caso por um bom tempo."

"Bom ponto, Kathy."

"Esses miniquiches estão deliciosos, a propósito."

"Do supermercado", diz Lambiase.

"Odeio as mulheres nesses livros", diz Rosie, a bombeira. "As policiais são sempre ex-modelos de famílias de policiais. Ela tem, tipo, um defeito."

"Rói a unha", diz Kathy do Homicídios. "Cabelo desgrenhado. Boca grande."

Rosie, a bombeira, dá risada. "É algum tipo de fantasia de mulher da lei, isso é que é."

"Sei não", diz o suplente Dave. "Eu gosto dessa fantasia."

"Talvez o ponto que o escritor quer fazer é que o violino não é o principal?", sugere Lambiase.

"Claro que é o principal", diz o suplente Dave.

"Talvez o ponto principal seja como o violino afeta a vida de todos", Lambiase continua.

"Buuu", diz Rosie, a bombeira. Ela faz o sinal de negativo. "Buuu."

Do balcão, A.J. ouve a discussão. De mais ou menos uma dúzia de clubes do livro que a Island recebe, A Escolhida do Delegado é seu preferido, de longe. Lambiase o chama: "Me ajuda aqui, A.J. Nem sempre é preciso saber quem roubou o violino".

"Na minha experiência, os leitores costumam ficar mais satisfeitos quando sabem. Embora eu, pessoalmente, não me importe com ambiguidade."

A comemoração do grupo abafa tudo que foi dito depois de *sabem.*

"Traidor", grita Lambiase.

A.J. dá de ombros. Neste momento, Ismay entra na livraria. O grupo volta a discutir o livro, mas Lambiase não consegue parar de encarar. Ela está com um vestido branco de verão, com uma saia rodada que destaca sua cintura fina. Usa o cabelo vermelho comprido outra vez, o que suaviza o rosto. Ele se lembra das orquídeas que sua ex-mulher deixava na janela da frente.

Ismay vai até A.J. Coloca um papel sobre o balcão. "Finalmente escolhi a peça", ela diz. "Vou precisar de, provavelmente, uns cinquenta exemplares de *Nossa cidade.*"

"Um clássico."

Muitos anos tinham se passado desde a morte de Daniel Parish, e meia hora depois de A Escolha do Delegado acabar, Lambiase decide que já passou tempo suficiente para poder fazer um questionamento particular a A.J. "Odeio ultrapassar os limites aqui, mas você poderia checar se sua cunhada estaria interessada em sair com um policial não muito feio?"

"A quem está se referindo?"

"A mim. Estava brincando sobre a parte do não muito feio. Sei que não sou nenhum modelo."

"Não. Digo, pra quem você quer que eu pergunte? A Amelia é filha única."

"Não a Amelia. Eu quis dizer sua ex-cunhada, a Ismay."

"Ah, certo. Ismay." A.J. faz uma pausa. "*A Ismay? Sério? Ela?*"

"É, eu meio que sempre gostei dela. Desde o colegial. Não que ela já tenha me dado bola. Pensei que nenhum de nós dois está ficando mais jovem, tenho que me arriscar agora."

A.J. liga para Ismay e faz a pergunta.

"O Lambiase? *Ele?*"

"Ele é gente boa", diz A.J.

"É só que... bem, nunca saí com um policial."

"Isso tá me soando um tanto esnobe."

"Não quis dizer assim, mas trabalhadores nunca fizeram meu tipo."

E isso deu supercerto com o Daniel, A.J. pensa, mas não fala.

"Claro, meu casamento *foi* um desastre", ela diz.

Muitas noites depois, Ismay e Lambiase estão no El Corazon. Ela pede um prato com frutos do mar e carne e um gim-tônica. Não precisa fingir feminilidade, já que suspeita que não haverá um segundo encontro.

"Boa pedida", comenta Lambiase. "Vou pedir a mesma coisa."

"Então", diz Ismay, "o que você faz quando não está sendo um policial?"

"Bom, acredite ou não", ele responde timidamente, "eu leio muito. Talvez você não ache que seja muito. Sei que é professora de inglês."

"O que você lê?"

"Um pouco de tudo. Comecei com histórias de detetives. Bem previsível, acho. Mas o A.J. me viciou em outros livros também. Ficção literária, acho que é como se chama. Alguns não têm ação suficiente pro meu gosto. Dá vergonha de falar, mas também gosto de juvenis. Um pessoal da sua escola deve ler isso. Muita ação, e sentimentos também. Também leio tudo que o A.J. lê. Ele gosta de contos..."

"Eu sei."

"E o que a Maya lê também. Gosto de conversar sobre livros com eles. São um pessoal do livro, sabe. Também organizo um grupo do livro com outros policiais. Já viu os cartazes de A Escolhida do Delegado?"

Ismay nega com a cabeça.

"Desculpa se estiver falando muito. Acho que estou nervoso."

"Tá tudo bem." Ismay dá um gole de seu drinque. "Já leu algum livro do Daniel?"

"Sim, um. O primeiro."

"Gostou?"

"Não é muito minha praia. Mas é bem escrito."

Ismay assente.

"Sente saudade do seu marido?"

"Não muito", ela responde depois de um tempo. "Do senso de humor dele, às vezes. Mas o melhor dele estava em seus livros. Acho que posso ler, se sentir muita falta. Mas não senti vontade até agora." Ismay dá uma risadinha.

"O que você lê, então?"

"Peças. Um pouco de poesia, às vezes. E os livros que dou nas aulas todos os anos: *Tess d'Urbervilles*, *Johnny vai à guerra*, *Adeus às armas*, *O filho de Deus vai à guerra*, às vezes, *O morro dos ventos uivantes*, *Silas Marner*, *Seus olhos viam Deus*, *Eu capturo o castelo*. Esses livros são como velhos amigos.

"Mas quando escolho algo novo, algo só pra mim, meu tipo preferido de personagem é uma mulher em um lugar longínquo. Índia. Ou Bangcoc. Às vezes ela deixa o marido. Às vezes nunca se casou, pois sabia, sensatamente, que a vida de casada não era para ela. Gosto quando ela tem múltiplos amantes. Gosto quando ela usa chapéus para proteger sua pele clara do sol. Gosto quando ela viaja e se aventura. Gosto de descrições de hotéis e malas com adesivos. Gosto de descrições de comidas e roupas e joias. Um pouco de romance, mas não muito. Não histórias atuais. Sem celulares. Sem redes sociais. Sem internet. Idealmente, nos anos vinte ou quarenta. Talvez tenha uma guerra, mas só de fundo. Sem derramamento de sangue. Um pouco de sexo, mas nada muito explícito. Sem crianças. Crianças sempre estragam a história pra mim."

"Eu não tenho filhos", diz Lambiase.

"Não me incomodo com elas na vida real. Só não quero ler sobre elas. Os fins podem ser felizes ou tristes. Não ligo mais, contanto que mereçam. Ela pode se acalmar, talvez abrir um pequeno negócio, ou pode se afogar no oceano. Por fim, uma capa bonita é importante. Não me importo muito com o miolo. Não quero gastar tempo com uma coisa feia. Sou superficial, acho."

"Você é mesmo uma mulher linda", diz Lambiase.

"Sou comum", ela diz.

"De jeito nenhum."

"Beleza não é um bom motivo para cortejar alguém, sabia? Preciso falar isso para os meus alunos o tempo todo."

"Isso vindo da mulher que não lê livros com capas feias."

"Bom, estou só avisando. Um livro com uma capa bonita pode ser ruim."

Ele resmunga. "Eu conheço umas assim."

"Por exemplo?"

"Meu primeiro casamento. A esposa era bonita, mas ruim."

"Então, pensou em cometer esse erro de novo?"

"Nem, estou de olho em você na prateleira há anos. Li sua sinopse e as citações na contracapa. Professora dedicada. Madrinha. Importante membro da comunidade. Cuida do cunhado e da filha dele. Casamento ruim, provavelmente muito cedo, mas deu o seu melhor."

"Arriscado."

"Mas é o suficiente para eu querer ler mais." Ele sorri para ela. "Vamos pedir sobremesa?"

"Eu não faço sexo há muito tempo", diz Ismay no carro, a caminho da casa dela.

"O.k.", diz Lambiase.

"Acho que a gente deveria fazer sexo", Ismay explica. "Se você quiser, digo."

"Eu quero", diz Lambiase. "Mas não se isso significar que não vamos sair de novo. Não quero ser o aquecimento para o cara que vai ficar com você."

Ela ri e o leva para o quarto. Tira as roupas com a luz acesa. Quer que ele veja a aparência de uma mulher de cinquenta e um anos.

Lambiase solta um assobio grave.

"Você é bonzinho, mas devia ter me visto antes. Está vendo as cicatrizes?"

Uma longa vai do joelho até o quadril. Lambiase a percorre com o dedo: parece a costura em uma boneca de pano. "Sim, estou vendo, mas não estraga nada."

A perna dela teve quinze fraturas, e ela precisou trocar a articulação do quadril, mas, exceto por isso, tinha ficado bem. Pela primeira vez na vida, Daniel tinha levado a pior.

"Dói muito?", pergunta Lambiase. "Preciso tomar cuidado?"

Ela balança a cabeça e manda que tire a roupa.

Pela manhã, ela acorda antes dele. "Vou fazer café pra você", avisa. Ele assente, adormecido, e depois ela o beija em sua cabeça raspada.

"Você raspa porque está ficando careca ou gosta do estilo?"

"Um pouco das duas coisas", ele responde.

Ela coloca uma toalha sobre a cama e depois sai do quarto. Lambiase demora a se arrumar. Abre a gaveta do criado-mudo e fuça um pouquinho. Ela tem cremes com cara de caros que cheiram a ela. Ele passa um pouco nas mãos. Abre o armário. As roupas são minúsculas. Há vestidos de seda, camisas de algodão passadas, saias-lápis de lã e cardigãs de caxemira fininhos como papel, em condições imaculadas. Tudo em tons sofisticados de bege e cinza. Olha a prateleira de cima, onde os sapatos estão organizados nas caixas originais. Em cima de uma das pilhas de sapatos, ele vê uma mochilinha de criança em rosa de princesa.

Seus olhos de policial notam que a mochila está deslocada ali. Sabe que não deve, mas a pega e abre o zíper. Dentro, um estojo com giz de cera e alguns cadernos de colorir. Ele pega um dos cadernos. MAYA está escrito na capa. Atrás do caderno, um livro. Uma coisinha fina, mais um panfleto do que um livro. Lambiase olha a capa:

TAMERLANE
E OUTROS POEMAS.
POR UM BOSTONIANO

Riscos de giz de cera marcam a capa.

Lambiase não entende.

Então seu cérebro de policial dá um clique, formulando as seguintes questões: (1) Este é o *Tamerlane* roubado de A.J.? (2) Por que o *Tamerlane* estaria em posse de Ismay? (3) Como o *Tamerlane* ficou sujo de giz/quem sujou? Maya? (4) Por que o *Tamerlane* estaria numa mochila com o nome de Maya?

Está prestes a descer a escada e exigir uma explicação de Ismay, mas muda de ideia.

Ele olha o manuscrito antigo por longos segundos.

Sente o cheiro de panquecas. Consegue imaginá-la lá embaixo cozinhando. Provavelmente está usando um avental branco e uma camisola de seda. Ou talvez apenas o avental e nada mais. Seria excitante. Talvez possam fazer sexo de novo. Não na mesa da cozinha. Não é confortável fazer sexo na mesma da cozinha, não importa quão erótico pareça nos filmes. Talvez no sofá. Talvez lá em cima de novo. O colchão é macio, e a contagem dos fios dos lençóis deve chegar aos milhares.

Lambiase se orgulha de ser um bom policial, e sabe que deve descer e dar uma desculpa sobre por que precisa ir embora.

Mas seria o som de laranjas sendo espremidas? Está esquentando calda também?

O livro está arruinado.

Além disso, foi roubado há tanto tempo. Mais de dez anos. A.J. está em um casamento feliz. Maya está bem. Ismay sofreu.

Sem mencionar que gosta de verdade dessa mulher. E nada disso é da conta dele mesmo. Guarda o livro de volta na mochila e a mochila de volta onde achou.

Lambiase acredita que os policiais envelhecem de um dos dois modos. Ficam mais ou menos moralizadores. Lambiase não é mais tão rígido quanto quando era um policial jovem. Descobriu que as pessoas fazem tudo quanto é tipo de coisa, e geralmente têm seus motivos.

Ele desce a escada e senta à mesa da cozinha, que é redonda e está coberta pela toalha mais branca que já viu. "Que cheiro ótimo", ele diz.

"É bom cozinhar pra alguém. Ficou lá em cima um tempão", ela diz, servindo suco de laranja fresco. O avental é turquesa, e por baixo está com roupas pretas de ginástica.

"Ei", diz Lambiase, "você leu o conto da Maya pro concurso? Achei que ela venceria na certa."

"Ainda não li."

"Resumindo, é a versão dela pro último dia de vida da mãe", diz Lambiase.

"Ela sempre foi precoce."

"Sempre fiquei pensando por que a mãe da Maya veio pra Alice."

Ismay vira uma panqueca, depois outra. "Quem sabe por que as pessoas fazem o que fazem?"

Cabeça de ferro
2005 / Aimee Bender

Só para constar, nem tudo novo é pior do que as coisas antigas.

Um casal com cabeça de abóbora têm um bebê com cabeça de ferro. Eu venho, assumo que por motivos diversos, pensando muito nesse conto ultimamente.

—A.J.F.

P.S.: Também me peguei pensando em "Bala no cérebro", de Tobias Wolff. Poderia dar uma lida nesse também.

O Natal traz a mãe de A.J., que não se parece nada com ele. Paula é uma mulher pequena e branca, com longos cabelos grisalhos, os quais não corta desde que se aposentou do emprego em uma empresa de computação há uma década. Passou a maior parte da aposentadoria no Arizona. Faz bijuteria com pedras que pinta. Alfabetiza presidiários. Cuida de huskys siberianos abandonados. Tenta ir a um restaurante diferente toda semana. Namora homens e mulheres. Se tornou bissexual sem precisar fazer um grande alarde a respeito. Tem setenta anos e acredita que precisa experimentar coisas novas, senão melhor morrer. Ela chega trazendo três presentes identicamente embalados para a família, e jura que não foi descaso que a fez escolher o mesmo presente para os três. "É apenas algo que achei que todos iriam gostar e usar."

Maya sabe o que é antes de terminar de abrir.

Já os viu na escola. Quase todo mundo tem um desses hoje em dia, mas o pai não aprova. Ela desacelera a velocidade do desembrulho e se permite um tempo para pensar em uma reação que não vai ofender nem o pai nem avó.

"Um *e-reader*! Faz tempo que quero um." Olha rapidamente para o pai. Ele assente, embora a sobrancelha trema um pouco. "Valeu, vovó." Maya beija a avó no rosto.

"Obrigada, mamãe Fikry", diz Amelia, que já tem um e-reader para o serviço, mas mantém a informação sigilosa.

Assim que vê do que se trata, A.J. para de desembrulhar o presente. Se deixar embrulhado, pode repassar para alguém. "Obrigada, mamãe", diz A.J. e morde a língua.

"A.J., está fazendo um beicinho", a mãe repara.

"Não estou", ele nega.

"Precisa acompanhar os novos tempos", ela continua.

"Por quê? O que tem de tão bom nos novos tempos?" A.J. sempre reflete que, pouco a pouco, todas as coisas boas do mundo estão sendo trinchadas do mundo, como gordura da carne. Primeiro, foram as lojas de discos, depois as locadoras, e depois os jornais e revistas, e agora mesmo as grandes redes de livrarias estavam desaparecendo a olhos vistos. De acordo com ele, a única coisa pior que uma grande rede de livraria era um mundo SEM grandes redes de livrarias. Pelo menos as lojas grandes vendem livros e não remédios ou lenha! Pelo menos algumas pessoas que trabalham nessas lojas são formadas em literatura ou sabem como ler e fazer a curadoria de livros para os outros! Pelo menos as grandes vendem 10 mil unidades do lixo das editoras para que a Island consiga vender cem unidades de ficção literária!

"O caminho mais rápido para envelhecer é ficar para trás na tecnologia, A.J." Depois de vinte e cinco anos trabalhando com computadores, a mãe acabou com uma aposentadoria respeitável e essa única opinião, pensa A.J., sem piedade.

A.J. respira fundo, dá um longo gole de água, outra inspiração. Seu cérebro parece apertado dentro do crânio. A mãe raramente o visita, não quer estragar o tempo juntos.

"Pai, você tá ficando meio vermelho", diz Maya.

"A.J., você está bem?", a mãe pergunta.

Ele coloca o punho sobre a mesa de centro. "Mãe, você entende que esse aparelho infernal vai destruir meu negócio sozinho e, pior, enviar séculos de cultura literária vibrante para o que certamente será seu declínio rápido e rasteiro?"

"Está sendo dramático", diz Amelia. "Fica calmo."

"Por que eu devo me acalmar? Eu não gostei do presente. Eu não gosto dessa coisa e com certeza não gosto de três dessa coisa na minha casa. Preferia que tivesse comprado algo menos destrutivo pra minha filha, tipo um cachimbo de crack."

Maya dá uma risadinha.

A mãe de A.J. parece estar prestes a chorar. "Bem, eu não queria deixar ninguém chateado."

"Está tudo bem", diz Amelia. "É um lindo presente. Nós amamos ler, e tenho certeza de que vamos aproveitar muito. Além disso, o A.J. está sendo dramático."

"Desculpa, A.J.", diz sua mãe. "Não sabia que se importava tanto com o assunto."

"Podia ter perguntado!"

"Fica quieto, A.J. Para de se desculpar, mamãe Fikry", diz Amelia. "É o presente *perfeito* para uma família de leitores. Muitas livrarias estão descobrindo maneiras de vender e-books junto com livros convencionais de papel. A.J. só não quer..."

A.J. interrompe: "Sabe que é isso lorota, Amy!".

"Está sendo muito grosso", diz Amelia. "Não pode enfiar a cabeça na areia e fingir que *e-readers* não existem. Não pode lidar com as coisas desse jeito."

"Estão sentindo cheiro de queimado?", pergunta Maya.

Um segundo depois, o alarme de incêndio dispara.

"Ah, droga!", diz Amelia. "A carne!" Corre para a cozinha, e A.J. a segue. "Programei o alarme do meu celular, mas não tocou."

"Coloquei seu celular no silencioso pra não *estragar o Natal*!", diz A.J.

"O quê? Para de mexer no meu telefone."

"Por que não usa o timer do forno?"

"Porque EU NÃO CONFIO NELE! O fogão tem cem anos, como todas as coisas nessa casa, caso não tenha notado." Amelia dá um berro ao tirar a carne em chamas do forno.

Com a carne queimada, o Natal é composto inteiramente por acompanhamentos.

"Eu gosto mais dos acompanhamentos", diz a mãe de A.J.

"Eu também", concorda Maya.

"Sem substância", A.J. murmura. "Deixa com fome." Ele está com dor de cabeça, que não melhora com a ingestão de várias taças de vinho tinto.

"Alguém pode pedir ao A.J. que passe o vinho?", pede Amelia. "E alguém pode avisar ao A.J. que ele está tomando tudo sozinho?"

"Muito maduro", diz A.J. Ele a serve de outra taça.

"Eu mal posso esperar para usar, vovó", Maya sussurra à avó abalada. "Vou esperar até a hora de dormir." Lança um olhar rápido para A.J. "*Se é que você me entende.*"

"Acho uma ótima ideia", a mãe de A.J. cochicha de volta.

Mais tarde, na cama, A.J. ainda está falando sobre *e-reader*. "Sabe qual é, de verdade, o problema com os *e-readers?*"

"Acho que você vai me contar agora", Amelia fala sem tirar os olhos do seu livro de papel.

"Todo mundo pensa que tem bom gosto, mas a maioria das pessoas não tem bom gosto. Na verdade, eu diria que a maioria das pessoas tem péssimo gosto. A sós com esses aparelhos, literariamente falando, leem porcarias sem nem saber a diferença."

"Sabe o que é bom nesses aparelhos?", pergunta Amelia.

"Não, Pollyanna", diz A.J. "E não quero saber."

"Bem, para aquelas de nós com maridos que estão ficando com hipermetropia, e não vou mencionar nenhum nome aqui. Para aquelas de nós com maridos que estão rapidamente ficando velhos e perdendo a visão. Para aquelas de nós com o fardo de ser casada com homenzinhos patéticos..."

"Qual é o seu ponto, Amy?"

"Um tablet ajuda essas criaturas amaldiçoadas a aumentar o tamanho do texto."

A.J. não fala nada.

Amelia abaixa o livro e sorri convencidamente para o marido, mas quando ela olha outra vez, o homem está congelado. A.J. está tendo outra crise. As crises preocupam Amelia, embora ela lembre a si mesma de que não precisa se preocupar.

Um minuto e meio depois, A.J. retorna. "Sempre tive um pouco de hipermetropia. Não é por causa da idade."

Ela limpa um pouco de baba dos cantos de sua bochecha com um lencinho.

"Jesus, eu apaguei?", A.J. pergunta.

"Apagou."

Ele pega o lencinho de Amelia. Não é o tipo de homem que gosta de ser paparicado desse jeito. "Por quanto tempo?"

"Um minuto e meio, acho." Ela faz uma pausa. "É muito ou tá dentro do normal?"

"Talvez um pouco mais que o normal, mas dentro do normal."

"Acha que deve ir fazer um check-up?"

"Não", A.J. responde. "Sabe que tenho isso desde que era um mendigo."

"Um mendigo?", ela repete.

"Um menino. O que foi que eu falei?" A.J. levanta da cama e vai para o banheiro. Amelia o segue. "Por favor, Amy. Um pouco de privacidade."

"Não quero dar privacidade."

"Tá bom."

"Quero que vá ao médico. São três desde o dia de Ação de Graças."

A.J. nega com a cabeça. "Meu convênio é um lixo, Amy querida. E a dra. Rosen vai dizer que é a mesma coisa que tenho faz anos. Vou ao médico em março, na minha consulta anual de sempre."

Amelia entra no banheiro. "Talvez a dra. Rosen possa passar um remédio novo." Ela se enfia entre ele e o banheiro, descansando o amplo bumbum na nova pia com duas cubas que instalaram no mês anterior. "Você é muito importante, A.J."

"Não sou o presidente", ele retruca.

"É o pai da Maya. E o amor da minha vida. E o provedor de cultura desta comunidade."

A.J. revira os olhos e beija Amelia/Pollyanna na boca.

Fim do Natal e do Ano-Novo; a mãe está de volta ao Arizona, Maya, às aulas, e Amelia, ao trabalho. A melhor parte das festas de fim de ano é quando acabam. Ele gosta da rotina. Ele gosta de fazer café da manhã. Ele gosta de correr para o trabalho.

Ele coloca as roupas de corrida, faz alguns alongamentos desanimados, amarra uma bandana sobre as orelhas, coloca a mochila nas costas e se prepara para correr para a loja. Agora que não mora mais em cima dela, sua rota o leva na direção oposta da que fazia quando Nic estava viva, quando Maya era um bebê, nos primeiros anos de casamento com Amelia.

Passa pela casa da Ismay, a qual ela certa vez dividiu com Daniel e agora divide com o improvável Lambiase. Ele corre pelo local em que Daniel morreu também. Corre pelo antigo estúdio de dança. Qual era o nome da professora? Sabe que ela se mudou para a Califórnia, não faz muito tempo, e que o estúdio está vazio. Quem vai ensinar as menininhas de Alice Island a dançar? Corre pela frente dos três colégios pelo qual ela passou. E agora está no *ensino médio*. Tem um namorado. O menino Furness é um escritor. Ouve os dois discutindo o tempo todo. Pega um atalho por um campo, e está quase na Captain Wiggins quando desmaia.

Está cinco graus negativos, e, quando ele acorda, sua mão está azul por ter ficado sobre o gelo.

Fica de pé e esquenta a mão na blusa. Nunca desmaiou no meio da corrida antes.

"Madame Olenska", fala.

A dra. Rosen faz um exame completo. A.J. tem boa saúde para a idade, mas há algo estranho em seus olhos, que deixa a médica receosa.

"Andou tendo algum outro problema?", ela pergunta.

"Bom... Talvez seja só velhice, mas ultimamente ando tendo uns probleminhas na hora de falar."

"Probleminhas?"

"Eu percebo. Não é tão grave. Mas às vezes troco uma palavra por outra. Por exemplo, *menino* por *mendigo*. Ou semana passada, que chamei *As vinhas da ira* de *As rinhas do tira*. Obviamente, é um problema para o meu tipo de emprego. Tenho certeza de que estou falando o certo. Minha mulher pensou se pode haver algum tipo de anticonvulsivante que possa ajudar."

"Afasia", ela diz. "Não gostei dessa notícia." Dado o histórico de crises de ausência de A.J., a médica decide enviá-lo a um neurologista de Boston.

"E como vai a Molly?", A.J. pergunta para mudar de assunto. A vendedora mal-humorada já não trabalha mais com ele há seis ou sete anos.

"Ela acabou de ser aceita na..." E a médica nomeia uma bolsa para escritores, mas A.J. não está prestando atenção. Está pensando sobre seu cérebro. Acha estranho que precisa usar a coisa que pode não estar funcionando para considerar sobre a coisa que não está funcionando. "... acha que vai escrever o Grande Romance Americano. Acho que a culpa é sua e da Nicole."

"Admito total responsabilidade", diz A.J.

Glioblastoma multiforme.

"Você pode soletrar?", A.J. pede. Ele não trouxe ninguém consigo para essa consulta. Não queria que ninguém soubesse até ter certeza. "Quero pesquisar no Google mais tarde."

O câncer é tão raro que o oncologista do Hospital Geral de Massachusetts nunca viu um caso, a não ser em um artigo e no *Grey's Anatomy*.

"O que aconteceu no caso publicado?", quer saber A.J.

"Morte. Em dois anos", responde o oncologista.

"Dois anos bons?"

"Um ano muito bom, eu diria."

A.J. pede uma segunda opinião: "E no seriado?".

O oncologista ri, uma risada barulhenta, tipo motosserra, projetada para ser o som mais alto da sala. Tá vendo, câncer é engraçado. "Bem, não acho que devo fazer prognóstico baseado em uma novelinha, sr. Fikry."

"O que aconteceu?"

"Acho que o paciente operou, viveu por um ou dois episódios, pensou que estava livre daquilo, pediu a namorada médica em casamento, teve um ataque cardíaco que foi, aparentemente, não relacionado com o câncer no cérebro, e morreu no episódio seguinte."

"Ah."

"Minha irmã escreve para a televisão, e acho que os roteiristas de TV chamam isso de um arco de três episódios."

"Então eu devo viver entre três episódios e dois anos."

O oncologista ri com a motosserra outra vez. "Bom. Senso de humor é essencial. Eu diria que sua estimativa parece correta." O oncologista quer marcar a cirurgia imediatamente.

"Imediatamente?"

"Seus sintomas foram mascarados pela convulsão, sr. Fikry. E os exames de imagem do cérebro mostram que o tumor está bastante avançado. Eu não esperaria se fosse você."

A cirurgia vai custar quase tanto quanto a entrada da casa. Não está claro se o mísero seguro de microempresário vai cobrir. "Se fizer a cirurgia, quanto tempo ganho?"

"Depende de quanto conseguirmos remover. Dez anos, se conseguirmos margens seguras. Dois anos talvez, se não. Esse tipo de tumor tem a mania chata de crescer de novo."

"E se não tiver sucesso na remoção, viro um vegetal?"

"Não gostamos de termos como *vegetal*, sr. Fikry. Mas está no seu lóbulo frontal esquerdo. Provavelmente vai ter um déficit verbal. Piora na afasia etc. Mas não vamos tirar tanto de modo que depois não seja mais você mesmo. Claro, se não for tratado, o tumor vai crescer até que o centro de linguagem de seu cérebro desapareça. Tratando ou não, isso vai, com toda certeza, acontecer, uma hora ou outra."

Estranhamente, A.J. pensa em Proust. Embora finja ter lido o negócio todo, leu apenas o primeiro volume de *Em busca do tempo perdido*. Foi uma luta para ler só isso, e agora o que ele pensa é: *Pelo menos nunca vou precisar ler o resto*. "Preciso conversar com minha esposa e minha filha."

"Sim, claro", o oncologista diz, "mas não demore muito".

No trem e depois na balsa de volta a Alice, ele pensa sobre a faculdade de Maya e a capacidade de Amelia pagar o financiamento da casa que compraram há menos de um ano. Quando já está caminhando na rua Captain Wiggins, decide que não pode passar pela cirurgia se isso significa deixar seus entes mais próximos e queridos na miséria.

A.J. ainda não quer encarar a família em casa, então liga para Lambiase, e os dois se encontram no bar.

"Conta um conto de policial. Bom", pede A.J.

"Tipo, um conto sobre um bom policial ou um conto que é interessante e envolve policiais?"

"Tanto faz. Você escolhe. Quero ouvir algo divertido para me distrair dos meus problemas."

"Que problemas você tem? Esposa perfeita. Filha perfeita. Negócio bom."

"Conto depois."

Lambiase assente. "O.k. Deixa eu pensar. Talvez uns quinze anos atrás, tinha um moleque que estudava no Alicetown. Ele não ia para a escola fazia um mês. Todos os dias, ele fala aos pais que vai, mas não aparece. Mesmo quando dão carona pra ele até lá, ele sai escondido e vai pra outro lugar."

"Pra onde ele vai?"

"Certo. Os pais pensam que ele deve está bem encrencado. Ele é um menino da pesada, que anda com uma galera da pesada. Todos com notas ruins e calça caindo. Os pais têm uma barraquinha na praia, então não têm muito dinheiro. Enfim, os pais não sabem mais o que fazer, então eu decido seguir o menino. Ele vai pra escola, e depois, no intervalo, simplesmente vai embora. Estou na cola dele, e, por fim, chegamos a um prédio em que eu nunca tinha entrado. Na Main com a Parker. Sabe onde estou?"

"Na biblioteca."

"Bingo. Sabe que naquela época eu não lia muito. Aí eu segui o menino até uma mesinha nos fundos, pensando que ele ia usar drogas ou sei lá. Lugar perfeito, certo? Isolado. Mas sabe o que ele pegou?"

"Livros, eu diria. É o óbvio, certo?"

"Ele pegou um livro grosso. Está no meio de *Infinite Jest*. Já ouviu falar?"

"Conta outra."

"O menino está lendo *Infinite Jest*. Diz que não pode ler em casa porque tem que olhar cinco irmãos, e não pode ler na escola porque os camaradas vão zoar. Então mata aula pra ler em paz. O livro exige muita concentração. 'Escuta aqui, *hombre*', ele diz, 'não tem nada de bom pra mim na escola. Tá tudo aqui nesse livro'."

"Suponho que seja latino, porque falou *hombre*. Tem muitos hispânicos em Alice?"

"Alguns."

"Então o que você fez?"

"Eu arrastei o moleque de volta pra escola. O diretor me pergunta como ele deve ser punido. Eu pergunto ao menino quanto tempo ele acha que vai demorar pra terminar de ler o livro. 'Umas duas semanas', ele responde. E então eu recomendo que deem a ele uma suspensão de duas semanas por delinquência."

"Você tá inventando", diz A.J. "Admite. Os jovens problemáticos não estão matando aula pra ler *Infinite Jest*."

"É sério, A.J. Juro por Deus." Mas então Lambiase dá uma gargalhada. "Você parecia deprimido. Queria contar uma história alegrinha."

"Valeu. Muito obrigado."

A.J. pede outra cerveja.

"O que você queria me contar?"

"Engraçado ter falado do *Infinite Jest*. Por que escolheu esse livro, afinal?"

"Sempre reparo na loja. Ocupa muito espaço na prateleira."

A.J. assente. "Uma vez tive uma discussão feia com um amigo sobre isso. Ele adorava. Eu odiava. Mas o mais engraçado sobre essa briga, o que vou confessar pra você agora é..."

"Sim?"

"Que nunca terminei de ler esse livro." A.J. ri. "Esse e o Proust podem ir pra minha lista de obras incompletas, graças a Deus. Meu cérebro está com defeito, por falar nisso." Ele pega o papel e lê: "Glioblastoma multiforme. Você vira um vegetal e depois morre. Mas pelo menos é rápido".

Lambiase abaixa a cerveja. "Deve ter uma cirurgia ou algo do tipo."

"Tem, mas custa 1 bilhão de dólares. E só atrasa as coisas. Não vou deixar a Maya e a Amy na miséria só pra prolongar minha vida por alguns meses."

Lambiase termina a cerveja. Faz um sinal pedindo outra ao *bartender*. "Acho que deveria deixar as duas decidirem sozinhas."

"Elas vão ficar sentimentais", diz A.J.

"Deixe que fiquem."

"O certo seria eu estourar os miolos, isso, sim."

Lambiase balança cabeça. "Faria isso com a Maya?"

"Como pode ser melhor ficar com um pai com morte cerebral e sem dinheiro pra faculdade?"

Aquela noite, na cama, depois de apagar as luzes, Lambiase puxa Ismay para perto. "Eu te amo", ele diz. "E quero que saiba que não julgo você por nada que tenha feito no passado."

"O.k.", ela diz. "Estou quase dormindo e não sei do que tá falando."

"Eu sei da bolsa no armário", ele sussurra. "Sei que o livro está dentro dela. Não sei como foi parar lá e não preciso saber. Mas o certo é ele ser devolvido ao dono."

Depois de uma longa pausa, Ismay fala: "O livro está estragado".

"Mesmo estragado, o *Tamerlane* deve valer alguma coisa", diz Lambiase. "Acabei de pesquisar no site da Christie's e a última cópia no mercado foi vendida por quinhentos e sessenta mil dólares. Então talvez uma cópia estragada valha uns cinquenta e pouco. E o A.J. e a Amy precisam do dinheiro."

"Por que precisam do dinheiro?"

Ele conta sobre o câncer de A.J., e Ismay cobre o rosto com as mãos.

"Na minha opinião, podemos limpar as digitais, colocar num envelope e devolver. Ninguém precisa saber de onde veio."

Ismay acende o abajur. "Há quanto tempo sabe disso?"

"Desde a primeira noite que passei aqui."

"E não ligou? Por que não me entregou?" Os olhos de Ismay estão penetrantes.

"Porque não era da minha conta, Izzie. Não entrei na sua casa como policial. E não tinha direito de estar fuçando nas suas coisas. E pensei que deveria ter algo por trás. Você é uma boa mulher, Ismay, e sua vida não foi fácil."

Ismay senta-se. Está tremendo. Anda até o armário e pega a bolsa. "Quero que saiba o que aconteceu."

"Não preciso saber", diz Lambiase.

"Por favor, quero contar. E não me interrompa. Se interromper, não vou conseguir desabafar tudo."

"O.k., Izzie."

"A primeira vez que Marian Wallace veio me ver, eu estava grávida de cinco meses. Ela trouxe a Maya, que tinha uns dois anos. Marian Wallace era muito jovem, muito bonita, muito alta, com olhos castanhos-dourados e cansados. Ela disse: 'A Maya é filha do Daniel'. E eu falei, mas não tenho orgulho disso: 'Como sei que não é mentira?'. Eu enxergava perfeitamente que não era mentira. Conhecia meu marido, afinal. Conhecia seu tipo. Ele me traía desde o dia do casamento e provavelmente antes disso também. Mas eu amava seus livros, ou pelo menos o primeiro. E eu achava que em algum lugar dentro dele estava a pessoa que escreveu o livro. Não era possível escrever coisas tão bonitas e ter um coração tão feio. Mas essa é a verdade. Era um belo escritor, e uma péssima pessoa.

"Mas não posso culpar o Daniel por tudo isso. Não posso culpar por minha parte. Gritei com Marian Wallace. Ela tinha vinte e um anos, mas parecia uma criança. 'Acha que é a primeira vagabunda que aparece aqui falando que teve um filho do Daniel?'

"Ela pediu desculpas, ficou pedindo desculpas. Ela disse: 'A bebê não precisa fazer parte da vida do Daniel Parish (ela ficava falando o nome e o sobrenome. Era uma fã, entende? Respeitava o escritor.). A bebê não precisa fazer parte da vida do Daniel Parish. Nunca mais vamos incomodar, juro por Deus. Só precisamos de um pouco de dinheiro pra começar. Seguir em frente. Ele disse que ajudaria, mas agora não encontro mais com ele em nenhum lugar'. Isso fez sentido pra mim. Daniel sempre viajava muito, visitando uma escola na Suíça, viagens a Los Angeles que não viravam nada.

"'O.k.', eu falei. 'Vou tentar falar com ele e ver o que posso fazer. Se ele confirmar que a história é verdade...' Mas eu já sabia que era, Lambiase! 'Se ele confirmar que a história é verdade, talvez dê pra fazer alguma coisa.' A menina queria saber como entrar em contato comigo. Eu disse que eu iria atrás dela.

"Conversei com Daniel aquela noite por telefone. Foi uma boa conversa, não falei da Marian Wallace. Ele foi solícito, fazendo planos pra chegada do bebê. 'Ismay', ele disse, 'quando o bebê chegar, eu vou mudar'. Eu já tinha ouvido essa. 'Não, sério', ele insistiu. 'Com certeza vou viajar menos. Vou ficar em casa, escrever mais, cuidar de você e da batatinha.' Ele tinha lábia, e eu queria acreditar que essa era a noite em que algo mudaria em nosso casamento. Decidi naquele instante que cuidaria do problema com Marian Wallace. Iria dar um jeito de pagar pra me livrar dela.

"As pessoas nesta cidade sempre acharam que a minha família tinha mais dinheiro do que a gente tinha de verdade. Nic e eu tínhamos pequenas poupanças, nada gigante. Ela usou a dela pra comprar a loja, e eu usei a minha pra comprar essa casa. O que sobrou pra mim, meu marido gastou rápido. O primeiro livro dele vendeu bem, os outros depois, bem menos, e ele sempre teve gostos sofisticados e uma renda inconsistente. Eu sou só uma professora de escola. Daniel e eu parecíamos ricos, mas éramos pobres.

"Lá embaixo, minha irmã estava morta fazia mais de um ano e meio, morta, e o marido dela estava bebendo até morrer. Por fidelidade a ela, eu ia ver se estava tudo bem com A.J. certas noites. Eu entrava, limpava o vômito do rosto dele e o arrastava pra cama. Uma noite, entrei, e ele estava desmaiado como sempre. E o *Tamerlane* estava na mesma. Eu devo dizer nesse ponto que estava com ele quando ele achou o *Tamerlane*. Não que ele tenha oferecido para dividir o dinheiro comigo, o que seria uma coisa decente de se fazer. O muquirana maldito nunca teria ido naquele 'família vende de tudo' se não fosse por mim. Então, coloquei A.J. na cama e fui pra sala limpar a bagunça e passei um pano em tudo e a última coisa que fiz, sem nem pensar, foi colocar o livro na bolsa.

"No dia seguinte, todo mundo está procurando o *Tamerlane*, mas eu não estou na cidade. Fui pra Cambridge. Fui até o dormitório de Marian Wallace e joguei o livro na cama dela. E aviso: 'Olha, você pode vender isso. Vale muito dinheiro'. Ela olha para o livro, cética, e pergunta: 'É roubado?'. E eu digo: 'Não, é do Daniel, ele pediu pra dar pra você, mas você nunca pode falar de onde veio. Leva pra uma casa de leilão ou pra um negociante de livros raros. Fala que achou numa caixa de livros usados em algum lugar aí'. Fiquei sem notícias da Marian Wallace por um tempo e achei que era o fim da história", a voz de Ismay enfraquece.

"Mas não é?", Lambiase pergunta.

"Não. Ela aparece em casa com Maya e o livro, pouco antes do Natal. Diz que foi a todas as casas de leilão e negociantes na região de Boston, mas ninguém quer negociar o livro porque não tem certificado de procedência e a polícia andou ligando a respeito de um *Tamerlane* roubado. Ela pega o livro da bolsa e dá pra mim. Eu jogo de volta nela. 'O que vou fazer com isso?' Marian Wallace sacode a cabeça. O livro cai no chão, a menininha pega e começa a folhear, mas ninguém está prestando atenção nela. Os enormes olhos cor de âmbar de Marian Wallace começam a se encher de lágrimas e ela fala: 'Já leu o *Tamerlane*, sra. Parish? É tão triste'. Eu nego com a cabeça. 'É um poema sobre um conquistador turco que troca o amor de sua vida, uma camponesa pobre, por poder.' Eu reviro os olhos e falo: 'É o que acha que está acontecendo aqui? Acha que você é uma camponesa pobre e eu sou a esposa malvada que afasta você do amor de sua vida?'.

"'Não', ela diz. Nessa hora, a bebê começa a chorar. Marian diz que o pior é que sabia o que estava fazendo. Daniel foi até a universidade para uma leitura. Ela tinha amado aquele livro e, quando dormiu com ele, já tinha lido a biografia dele milhões de vezes e sabia que era casado. 'Cometi tantos erros', ela fala. 'Não posso ajudar', eu falo. Ela balança a cabeça e pega a criança. 'Não vamos mais atrapalhar', ela diz. 'Feliz Natal.'

"E vão embora. Fico bem abalada, então vou pra cozinha fazer um chá. Quando volto pra sala, vejo que a garotinha deixou a mochila, e o *Tamerlane* está ao lado. Pego o livro. Penso em entrar escondida no apartamento do A.J. no dia seguinte e devolver. É quando noto que a capa está cheia de rabiscos. A menina estragou! Coloco na mochila e guardo no armário. Não me dou ao trabalho de esconder direito. Acho que o Daniel vai achar e perguntar, mas nunca acha. Nem se importa. Aquela noite, o A.J. me liga pra saber como alimentar um bebê. Ele está com a Maya em casa, e eu vou lá."

"No dia seguinte, o corpo da Marian Wallace aparece no farol", diz Lambiase.

"Sim. Eu espero pra ver se o Daniel vai falar alguma coisa, ver se vai reconhecer a moça e dizer que o filho é seu, mas não faz nada. E eu, covarde que sou, não comento nada."

Lambiase a abraça. "Nada disso importa", ele diz depois de um tempo. "Se houve um crime..."

"*Houve* um crime", ela insiste.

"Se houve um crime", ele repete, "todos que sabem a respeito já morreram".

"Menos a Maya."

"A vida da Maya deu muito certo", diz Lambiase.

Ismay balança a cabeça. "Deu, não deu?"

"Na minha opinião, você salvou a vida do A.J. quando roubou aquele livro. É assim que vejo as coisas."

"Que tipo de policial você é?", pergunta Ismay.

"À moda antiga."

Na noite seguinte, como em toda a terceira quarta-feira de todos os meses nos últimos dez anos, é hora de O Escolhido do Delegado na Island Books. No começo, os policiais se sentiam obrigados a ir, mas a popularidade genuína do grupo aumentou ao longo dos anos. Agora é o maior clube do livro da Island. Policiais ainda compõem a maior parte do grupo, mas suas esposas, e até alguns filhos, com idade adequada, participam. Anos atrás, Lambiase teve que instituir a regra "sem armas" depois que um jovem policial puxou o revólver para outro durante uma discussão especialmente esquentada sobre *A casa de areia e névoa*. (Lambiase depois comentaria com A.J. que a escolha tinha sido um erro. "Tinha um personagem policial interessante, mas muita ambiguidade moral nesse aí. Vou ficar com coisas mais fáceis a partir de agora.") Exceto por esse incidente, o grupo não teve outros episódios de violência. A não ser pelo conteúdo dos livros, claro.

Conforme a tradição, Lambiase chega mais cedo à loja para montar o lugar e conversar com A.J. "Achei isso na porta", ele avisa ao entrar. Entrega ao amigo um envelope pardo revestido com o nome de A.J.

"Deve ser só mais um exemplar de divulgação", diz A.J.

"Não diga isso", Lambiase brinca. "Pode ser o próximo sucesso."

"Sim, claro. É provavelmente o Grande Romance Americano. Vou colocar na minha pilha: Coisas pra Ler Antes de meu Cérebro Parar de Funcionar."

A.J. coloca o envelope sobre o balcão, Lambiase observa. "Nunca se sabe."

"Eu sou como uma garota solteirona. Já tive muitas decepções, muitas esperanças de achar 'o tal', e nunca acho. Como policial, não fica assim?"

"Assim como?"

"Cínico, acho. Não chega um ponto que sempre só espera o pior das pessoas?"

Lambiase chacoalha a cabeça. "Não. Eu vejo tantas pessoas boas quanto ruins."

"É, fala o nome de algumas."

"Pessoas como você, meu amigo." Lambiase pigarreia, e A.J. não consegue pensar numa resposta. "O que tem de bom no gênero do crime que ainda não li? Preciso de umas coisas novas pro clube."

A.J. vai até a seção de crimes. Olha as lombadas, que são, em sua maioria, pretas e vermelhas, com fontes maiúsculas em prata ou dourado. Um ocasional fluorescente aparece para quebrar a monotonia. A.J. pensa em como tudo nesse gênero é parecido. Por que um livro é diferente do outro? São diferentes, decide A.J., porque são. Temos que abrir muitos. Temos que acreditar. Concordamos com ocasionais decepções para ficarmos maravilhados de vez em quando.

Ele seleciona um e o levanta para o amigo. "Talvez esse?"

Do que estamos falando quando falamos de amor
1980 / Raymond Carver

Dois casais ficando bêbados discutem o que é e o que não é amor.

Uma questão sobre a qual muito pensei é por que é tão mais fácil escrever sobre coisas que desgostamos/odiamos/cremos ser falhas do que sobre as coisas que amamos. Meu conto preferido, Maya, e não sei nem começar a explicar por quê.*

(Você e Amelia são minhas pessoas preferidas também.)

—A.J.F.

* *Isso vale pra internet também, claro.*

"Lote 2200. Um acréscimo de última hora ao nosso leilão vespertino e uma oportunidade rara para o *connoisseur* de livros vintage. *Tamerlane and other poems*, de Edgar Allan Poe. Escrito por E. A. Poe aos dezoito anos e atribuído 'A um bostoniano'. Apenas cinquenta cópias impressas à época. *Tamerlane* será a joia da coroa de qualquer coleção séria de livros raros. Essa cópia apresenta desgaste na lombada e marcas de giz de cera na capa. O dano não deve, de modo algum, estragar a beleza ou diminuir a raridade desse objeto, que não pode ser subestimada. Que as ofertas comecem em vinte mil dólares."

O livro é vendido por setenta e dois mil dólares, excedendo modestamente a reserva. Após taxas e impostos, sobra o suficiente para cobrir a parte que A.J. precisa pagar da cirurgia e a primeira sessão de radioterapia.

Mesmo depois de receber o cheque da Christie's, A.J. tem dúvidas se deve prosseguir no tratamento. Ainda suspeita que o dinheiro seria mais bem gasto com a educação universitária de Maya. "Não", Maya fala. "Sou inteligente. Consigo bolsa. Vou escrever a mais triste carta de admissão do mundo sobre como fui uma órfã abandonada em uma livraria por minha mãe solteira e como meu pai adotivo desenvolveu o mais raro câncer cerebral, mas olhem só pra mim. Um membro proeminente da sociedade. As pessoas vão pirar, pai."

"Que insensível, minha nerdizinha." A.J. ri do monstro que criou.

"Eu tenho dinheiro também", a esposa insiste. A questão é que as mulheres da vida de A.J. querem que ele viva, então ele agenda a cirurgia.

"Sentada aqui, começo a achar que *Desabrochar tardio* era mesmo um monte de conversa fiada", diz Amelia amargamente. Fica de pé e anda até a janela. "Quer as persianas abertas ou fechadas? Abertas, entra um pouco de luz natural e a linda vista do hospital infantil. Fechadas, dá pra aproveitar minha palidez mortal sob as luzes florescentes. Você que sabe."

"Abertas. Quero me lembrar de você do melhor jeito possível."

"Lembra como o Friedman escreve que não dá pra descrever um quarto de hospital? Como descrever o quarto de hospital em que está a pessoa amada é difícil demais ou qualquer porcaria assim? Como foi que a gente achou isso poético? Estou decepcionada com a gente. A essa altura da minha vida, estou ao lado das pessoas que nunca nem quiseram ler esse livro. Estou com o capista que colocou flores e pés. Por que quer saber? Super dá pra descrever um quarto de hospital. É cinza. Tem os piores quadros do mundo. Tipo, coisas rejeitadas pelo Holiday Inn. Tudo cheira como se estivessem tentando disfarçar o fedor de mijo."

"Você amava *Desabrochar tardio*, Amy."

Ela nunca tinha contado sobre o Leon Friedman. "Mas eu não queria estar numa versão para o teatro, aos quarenta anos."

"Acha mesmo que eu devo fazer a cirurgia?"

Amelia revira os olhos. "Sim, acho. Primeiro: é daqui vinte minutos, então não dá pra pegar o dinheiro de volta. E segundo: já rasparam sua cabeça, parece um terrorista. Não vejo por que desistir agora."

"Vale mesmo gastar tudo isso por mais dois anos que provavelmente serão de bosta?"

"Vale", ela diz, pegando a mão dele.

"Eu me lembro de uma mulher que um dia me falou da importância de sensibilidade compartilhada. Uma mulher que terminou com um verdadeiro Herói Americano porque eles não tinham boas conversas. Isso pode acontecer com nós, sabia?"

"É uma situação completamente diferente", insiste Amelia. Um segundo depois, ela grita: "MERDA!". A.J. acha que algo deve estar muito errado porque Amelia nunca xinga.

"Que foi?"

"Bom, o negócio é que eu gosto muito do seu cérebro."

Ele ri, e ela chora um pouquinho.

"Ah, para com isso. Não quero sua pena."

"Não estou chorando por você. Estou chorando por mim. Sabe quanto tempo demorei pra achar você? Sabe em quantos encontros horríveis eu fui? Não posso", está sem ar agora, "não posso namorar pela internet de novo. Simplesmente não dá".

"A Garibaldo sempre enxergando longe."

"Garibaldo. Que...? Não pode introduzir um apelido novo nesse ponto do nosso relacionamento."

"Vai conhecer alguém. Eu conheci."

"Vai se foder. Eu gosto de você. Estou acostumada. Você é o cara, seu cuzão. Não posso conhecer outra pessoa."

Ele a beija e então ela enfia a mão embaixo da camisola do hospital, entre as pernas dele, e aperta. "Eu amo fazer sexo com você", ela diz. "Se ficar um vegetal, posso fazer sexo com você mesmo assim?"

"Claro."

"E não vai pensar mal de mim?"

"Não." Faz uma pausa. "Não sei se estou gostando dessa conversa."

"Você demorou quatro anos pra me chamar pra sair."

"Verdade."

"Foi tão escroto comigo quando nos conhecemos."

"Também verdade."

"Eu tô fodida. Como vou conhecer outra pessoa?"

"Você não parece muito preocupada com meu cérebro."

"Seu cérebro já era. A gente já sabe disso. Mas e eu?"

"Pobre Amy."

"Sim, antes eu era esposa de livreiro. Já era de dar dó. Logo, vou ser viúva de livreiro."

Ela o beija em todos os cantos de sua cabeça defeituosa. "Eu gostava desse cérebro. Eu gosto desse cérebro! É um cérebro muito bom."

"Eu também gosto."

A enfermeira vem buscá-lo na cadeira de rodas. "Te amo", ela diz com um dar de ombros resignado. "Queria falar algo mais inteligente, mas só sei dizer isso."

Quando ele acorda, as palavras estão mais ou menos lá. Demora um pouco para achar algumas, mas estão lá.

Sangue.

Analgésico.

Vômito.

Balde.

Hemorroidas.

Diarreia.

Água.

Bolhas.

Fralda.

Gelo.

Depois da cirurgia, ele é levado para uma ala isolada do hospital para um mês de radioterapia. Seu sistema imune fica tão comprometido que não pode receber visitas. É o mais solitário que já esteve, incluindo o período após a morte de Nic. Gostaria de ficar bêbado, mas seu estômago irradiado não suportaria. A vida era assim antes de Maya e Amelia. Um homem não é uma ilha. Ou ao menos não é o melhor de si quando é uma ilha.

Quando não está vomitando ou semidormindo agitado, pega o *e--reader* que a mãe lhe deu no último Natal. As enfermeiras acreditam que o e-reader é mais higiênico que um livro de papel. ("Eles deviam anunciar isso na caixa", ele brinca.) Descobre que não consegue ficar acordado o tempo suficiente para ler um romance inteiro. Contos são melhores. Sempre preferiu contos mesmo. Ao ler, percebe que gostaria de fazer uma nova lista de contos para Maya. Ela vai ser escritora, ele sabe disso. Ele não é um escritor, mas certamente tem opiniões sobre a profissão e quer passá-las a ela. *Maya, romances têm seu charme, claro, mas a mais elegante criação no universo da prosa é o conto. Domine o conto e terá dominado o mundo*, ele pensa antes de adormecer. *Preciso escrever isso.* Procura uma caneta, mas não tem nenhuma perto da privada em que recosta a cabeça.

Ao fim do tratamento, o oncologista descobre que o tumor nem encolheu nem cresceu. Dá um ano para A.J. "A fala e todo o resto vão provavelmente deteriorar", o médico fala em uma voz que parece incongruentemente alegre. Não importa, A.J. está feliz de ir pra casa.

O livreiro
1980 / Roald Dahl

Um conto açucarado sobre um livreiro com um jeito incomum de arrancar dinheiro dos clientes. Em termos de personagens, é a coleção usual de grotescos oportunistas de Dahl. Em termos de roteiro, a reviravolta chega atrasada e não é o suficiente para absolver a história de suas falhas. "O livreiro" *nem deveria estar nessa lista — não se trata, de jeito nenhum, de um Dahl excepcional. Certamente não é um* "Cordeiro ao matadouro" *— no entanto, aqui está. Como defender sua presença se é apenas mediano? A resposta é esta: seu pai se identifica com os personagens. Tem significado para mim. E quanto mais eu faço isso (vender livros, sim, claro, mas também viver uma vida, se isso não é sentimental demais) mais eu acredito que este é o ponto de tudo. Se conectar, minha querida nerdizinha. Apenas conectar.*

—A.J.F.

É TÃO SIMPLES, ele pensa. *Maya*, ele quer falar, *entendi tudo.*

Mas seu cérebro não deixa.

As palavras que não encontra, pede emprestado.

Lemos para saber que não estamos sós. Lemos porque estamos sós. Lemos e não estamos sós. Não estamos sós.

Minha vida está nestes livros, ele quer lhe falar. *Leia estes livros e conheça meu coração.*

Não somos como romances.

A analogia que procura está quase lá.

Não somos como contos. Neste ponto, sua vida parece mais próxima de um.

No fim, somos como obras selecionadas.

Ele já leu o suficiente para saber que não há seleções em que todos os contos sejam perfeitos. Alguns acertam. Outros não. Se tiver sorte, um se destaca. E no fim, as pessoas só se lembram dos destaques, e nem desses se lembram por muito tempo.

Não, não muito tempo.

"Papai", diz Maya.

Tenta entender o que ela está dizendo. Os lábios e os sons. O que querem dizer?

Felizmente, ela repete: "Papai".

Sim, papai. Papai é o que eu sou. Papai é o que eu me tornei. O pai da Maya. O papai da Maya. Papai. Que palavra. Que palavrinha gigante. Que palavra e que mundo! Ele chora. Coração cheio demais, e sem palavras para aliviar. *Sei o que as palavras fazem. Fazem com que a gente sinta menos.*

"Não, papai, por favor, não chore. Tá tudo bem."

Ela o abraça.

Ler ficou difícil. Quando se esforça muito, ainda consegue terminar um conto. Romances se tornaram impossíveis. Consegue escrever melhor do que falar. Não que escrever seja fácil. Ele escreve um parágrafo por dia. Um parágrafo para Maya. Não é muito, mas é o que lhe sobrou para dar.

Ele quer lhe contar alguma coisa muito importante.

"Está com dor?", ela pergunta.

Não, pensa. O cérebro não tem sensores de dor, então não dói. A perda da mente se mostrou um processo curiosamente indolor. Ele acha que deveria doer mais.

"Está com medo?"

Não de morrer, pensa. *Mas um pouco desta etapa. Todos os dias, resta um pouco menos de mim. Hoje sou pensamentos sem palavras. Amanhã, serei um corpo sem pensamentos. E assim por diante. Mas, Maya, você está aqui agora, então estou feliz de estar aqui. Mesmo sem livros e palavras. Mesmo sem a minha mente. Como posso dizer isso, porra? Como sequer começar?*

Maya o encara e agora começa a chorar também.

"Maya", ele diz, "há apenas uma palavra que importa". Ele olha para ver se ela entendeu. A testa está franzida. Ele percebe que não foi compreendido. Bosta. A maioria das coisas que fala não faz mais sentido. Se quer ser entendido, é melhor se limitar a frases de uma palavra só. Mas algumas coisas precisam de mais de uma palavra para ser entendidas.

Vai tentar de novo. Nunca vai deixar de tentar. "Maya, somos o que amamos. Somos aquilo que amamos."

Maya balança a cabeça. "Pai, desculpa, não estou entendendo."

"Não somos as coisas que colecionamos, adquirimos, lemos. Somos, enquanto estamos aqui, apenas amor. As coisas que amamos. As pessoas que amamos. E estas, acho que estas realmente continuam."

Ela ainda está balançando a cabeça. "Não entendo, papai. Queria entender. Quer que eu chame a Amy? Ou quer tentar digitar?"

Ele sua. Conversar não é mais divertido. Costumava ser tão fácil. *Certo*, ele pensa. *Se tem que ser uma palavra, tem que ser uma palavra.*

"Amor?", ele pergunta. Reza para que saia direito.

Ela franze a testa e tenta ler seu rosto. "Cobertor?", ela pergunta. "Está com frio, papai?"

Ele assente, e ela pega suas mãos para esquentá-las. Suas mãos estavam frias, e agora estão aquecidas, e ele decide que já chegou perto o suficiente por hoje. Amanhã, talvez, ele encontrará as palavras.

No funeral do livreiro, a pergunta na mente de todos é o que acontecerá com a Island Books. As pessoas se apegam a suas livrarias, mais do que A.J. Fikry jamais teria imaginado. Quem colocou *Uma dobra no tempo* nos dedos com unhas roídas de sua filha de doze anos, ou quem lhe vendeu um guia de viagem para o Havaí, ou quem insistiu que sua tia muito exigente adoraria *A viagem*, essa pessoa importa. Além disso, gostavam da Island Books. E embora nem sempre tivessem sido fiéis, embora às vezes comprem on-line e e-books, gostam da impressão que a cidade passa pelo fato de a Island ficar bem no meio da rua principal, e ser o segundo ou terceiro local que se visita depois de descer da balsa.

No funeral, aproximam-se de Maya e Amelia, respeitosamente, claro, e cochicham: "A.J. nunca poderá ser substituído, mas vão arrumar alguém pra cuidar da loja?".

Amelia não sabe o que fazer. Ama Alice. Ama a Island Books. Não tem experiência em gerenciar uma loja. Sempre trabalhou do lado da editora e precisa de um salário constante e convênio médico, ainda mais agora que é a responsável por Maya. Considera deixar a loja aberta e contratar alguém para cuidar dela durante a semana, mas o plano não é factível. É muito longe para se deslocar até o trabalho todo dia, e o que faz sentido é se mudar de vez da ilha. Depois de uma semana de peso na consciência e noites maldormidas e pensamentos frenéticos, ela toma a decisão de fechar a loja. A loja, o prédio, vale bastante dinheiro. (Nic e A.J. tinham comprado o terreno inteiro.) Amelia ama a Island Books, mas não consegue fazer dar certo. Por mais ou menos um mês, tenta vender a livraria, mas nenhum comprador aparece. Então, coloca o edifício à venda. A Island Books vai fechar no fim do verão.

"Fim de uma era", diz Lambiase para Ismay, enquanto comem ovos na lanchonete. Ele está de coração partido com a notícia, mas planeja deixar Alice em breve mesmo. Vai fazer vinte e cinco anos na polícia na próxima primavera e tem um bom dinheiro guardado. Imagina-se comprando um barco e morando em Florida Keys, como um personagem de policial aposentado em um romance de Elmore Leonard. Ele vem tentando convencer Ismay a ir junto, e acha que está começando a convencer pelo cansaço. Ultimamente, ela encontra cada vez menos objeções, embora seja uma dessas estranhas criaturas da Nova Inglaterra que realmente gostam do inverno.

"Eu esperava que encontrassem alguém para cuidar da loja. Mas a verdade é que a Island Books não seria a mesma sem o A.J., a Maya e a Amelia", diz Lambiase. "Não teria o mesmo coração."

"Verdade", concorda Ismay. "Mas é péssimo. Provavelmente vão transformar numa Forever 21."

"O que é uma Forever 21?"

Ismay ri dele. "Como não sabe? Nunca mencionaram naqueles romances adolescentes que você lia?"

"Ficção para jovens adultos não é assim."

"É uma rede de loja de roupa. Na verdade, isso seria muita sorte. Provavelmente vai ser um banco." Ela dá um gole do café. "Ou uma farmácia."

"Talvez um Jamba Juice? Adoro os sucos de lá."

Ismay começa a chorar.

A garçonete vem até a mesa, e Lambiase faz um gesto para ela tirar os pratos. "Sei como se sente. Também não estou gostando, Izzie. Sabe uma coisa engraçada sobre mim? Eu não lia muito antes de conhecer o A.J. e frequentar a Island. Quando era criança, os professores achavam que eu era lento pra ler, não tinha jeito pra coisa."

"Você fala pra uma criança que ela não gosta de ler, e ela acredita."

"Só tirava C em inglês. Quando o A.J. adotou a Maya, eu queria ter uma desculpa pra dar uma checada neles, então comecei a ler tudo que ele me indicava. E comecei a gostar."

Ismay chora mais.

"E, no fim, não é que gosto de livrarias? Sabe, conheço muita gente nesse meu emprego. Muita gente passa por Alice Island, ainda mais no verão. Já vi gente do cinema de férias e já vi gente da música, e gente de jornal também. Não tem ninguém no mundo como o pessoal dos livros. É um negócio de cavalheiros e damas."

"Não é pra tanto."

"Sei não, Izzie. Tô te falando. Livrarias atraem o tipo certo de gente. Gente boa, que nem o A.J. e a Amelia. E eu gosto de conversar sobre livros com pessoas que gostam de conversar sobre livros. Gosto de papel. Gosto da textura e gosto de sentir um livro no bolso. Gosto do cheiro de livro novo também."

Ismay o beija. "Você é o tira mais engraçado que já conheci."

"Fico preocupado como Alice vai ficar sem uma livraria." Lambiase termina o café.

"Eu também."

Lambiase debruça sobre a mesa e beija a bochecha de Ismay. "Ei, tive uma ideia louca. E se, em vez de ir pra Flórida, a gente não ficasse com a Island?"

"Com a economia do que jeito que tá, é uma ideia louca."

"É", ele concorda. "Provavelmente." A garçonete pergunta se querem sobremesa. Ismay diz que não quer nada, mas Lambiase sabe que ela sempre pega um pouquinho da dele. Pede um pedaço de torta de cereja, dois garfos.

"Mas, sabe, e se a gente fizesse?", Lambiase continua. "Tenho poupança e uma aposentadoria boa chegando, e você também. E o A.J. dizia que os veranistas sempre compravam muitos livros."

"Os veranistas agora têm *e-readers*", Ismay argumenta.

"Verdade", diz Lambiase. Ele decide deixar o assunto quieto.

Na metade da torta, Ismay fala: "A gente poderia abrir um café também. Isso ajudaria com o faturamento".

"Sim, o A.J. às vezes falava sobre isso."

"E", Ismay continua, "podemos transformar o porão em um auditório. Assim, os eventos de autor não precisam ser bem no meio da loja. Talvez o pessoal pudesse até mesmo alugar como auditório ou local de reuniões também."

"Sua experiência com teatro seria ótima nisso."

"Tem certeza de que está a fim? Não somos jovenzinhos", diz Ismay. "E a história de não ter férias? E a Flórida?"

"A gente vai pra lá quando ficar velho. Não somos velhos ainda", diz Lambiase após uma pausa. "Morei em Alice a vida toda. É o único lugar que conheço. É um bom lugar, e pretendo mantê-lo assim. Um lugar não é um lugar sem uma livraria, Izzie."

Poucos anos depois de vender a loja para Ismay e Lambiase, Amelia decide deixar a Pterodactyl Press. Maya está terminando o ensino médio, e Amelia está cansada de viajar tanto. Encontra um emprego como compradora de livros de uma loja no Maine. Antes de partir, como seu predecessor Harvey Rhodes fizera, escreve notas com dicas sobre todas as contas ativas. Deixa Island Books por último.

"Island Books", ela escreve. "Donos: Ismay Parish (ex-professora) e Nicholas Lambiase (ex-delegado). Lambiase é um vendedor excepcional, principalmente dos gêneros de crime e de juvenis. Parish, que costumava chefiar o clube dramático do ensino médio, sabe organizar um evento nota dez. A loja tem um café, um auditório e uma excelente presença on-line. Tudo isso foi construído sobre a sólida fundação estabelecida por A.J. Fikry, o antigo dono, cujos gostos eram mais literários. A loja ainda tem muita ficção literária, mas os donos não pegam o que não conseguem vender. Amo a Island Books de todo coração. Não acredito em Deus. Não tenho religião. Mas ela é o mais próximo para mim de uma igreja. É um lugar sagrado. Com livrarias assim, tenho confiança em dizer que o mercado editorial permanecerá por um longo tempo. — Amelia Loman."

Amelia fica um pouco envergonhada com as últimas frases e corta tudo depois de "os donos não pegam o que não conseguem vender".

"...os donos não pegam o que não conseguem vender." Jacob Gardner lê as anotações de sua antecessora mais uma vez, depois apaga a tela do celular e desembarca da balsa com passos longos e confiantes. Jacob, vinte e sete anos e armado com um diploma em escrita de não ficção quase quitado, está pronto. Ele não acredita na própria sorte por ter conseguido esse emprego. Claro, o salário poderia ser melhor, mas ele ama livros, sempre amou livros. Acredita que eles salvaram sua vida. Até tem aquela famosa frase de C. S. Lewis tatuada no pulso. Imagina só, poder ser uma daquelas pessoas que ganham pra falar de literatura. Ele faria isso de graça, não que ele queira que a editora saiba disso. Precisa do dinheiro. Morar em Boston não é barato, e trabalha apenas para sustentar sua paixão: história oral de atores de vaudeville gays. Mas Jacob Gardner acredita no que faz. Até mesmo anda como se atendesse a um chamado. Poderia ser confundido com um missionário. Na verdade, foi criado como mórmon, mas essa é outra história.

A Island é a primeira visita de Jacob, e mal pode esperar pra chegar. Mal pode esperar pra contar sobre todos os grandes livros que carrega em sua sacola ecológica da Pterodactyl Press. Deve estar pesando uns vinte quilos, mas Jacob malha e nem sente. A Pterodactyl está com um catálogo muito bom este ano, e tem certeza de que o serviço será fácil. Os leitores não terão escolha a não ser amar esses títulos. A mulher boazinha que o contratou sugeriu que começasse com a Island Books. O dono gosta do gênero crime, é? Bem, seu livro preferido da lista é de um estreante, sobre uma garota amish que desaparece durante sua Rumspringa, e, na opinião de Jacob, é leitura obrigatória para qualquer amante sério de ficção do gênero crime.

Quando Jacob atravessa a entrada vitoriana roxa, o mensageiro dos ventos toca sua conhecida canção e uma voz rude, mas não antipática, fala: “Bem-vindo”.

Jacob passa pela seção de história e estende a mão para um homem de meia-idade na escada. “Sr. Lambiase, eu tenho um livro para o senhor!”

TIPOGRAFIA Adriane por Marconi Lima
DIAGRAMAÇÃO Verba Editorial
PAPEL Pólen Soft
IMPRESSÃO Gráfica Bartira, janeiro de 2017

FSC
www.fsc.org
MISTO
Papel produzido a partir de fontes responsáveis
FSC® C105484

A marca FSC® é a garantia de que a madeira utilizada na fabricação do papel deste livro provém de florestas que foram gerenciadas de maneira ambientalmente correta, socialmente justa e economicamente viável, além de outras fontes de origem controlada.